不機嫌のトリセツ

黒川伊保子
Kurokawa Ihoko

河出新書
028

はじめに

「不機嫌のトリセツ」ということばは、河出書房新社からいただいた。私のエッセイを編むにあたって、付されたタイトルである。

ここにまとめられた私のエッセイは、テーマが多方面にわたっていて、くし刺しするのは難しい。ふんわりとしたタイトルをつけて、心温まるエッセイ集にしてしまったらいいのでは？　と、私自身は思っていたのだが、このタイトルを見たとたんに、コンサルタント魂に火がついてしまった。ここに伝えたいメッセージがある。それを伝えなければ、という使命感に燃えてしまったのだ。

というのも、このタイトルを与えられて、人類の「不機嫌」こそが、私が、本を書き始めて30年近く、ずっと取り組んできたテーマだったことに気づいたのである。

男女の脳の「とっさの使い方」の違いのせいで、女たちが不機嫌の沼に沈む。ことばの選択を間違えたせいで、意図しない不機嫌が流れ出す。共感力の世代差のせいで、上司と部下が不機嫌の雲に包まれる。私は、その「人類が抱える飢餓感」にボールを当て続けてきたのである（この表現については、「「時代の飢餓感」に感応するセンス」のページをご参照ください）。

ばらばらに見えていた私の研究が、「不機嫌」ということばで、一つに括られた！このタイトルをもらった日、私の中で、何かが成就し、何かがまた新たに始まったのである。

著者にとって、本を編んでいただくという醍醐味は、こういうところにある。エッセイ集ではなく、メッセージのある新書になりうると信じてくださった太田さんの編集者魂に、心から敬意と感謝をささげたい。

そんなわけで、この本は、「黒川伊保子の頭の中、一巡り」「この世の不機嫌、総決算」という感じに仕上がっている。

今という時代を、機嫌よく生きるのは、本当に難しい。知恵とテクニックが要る。人工知能に感性を搭載する研究をしていて、私は、人類の「不機嫌」の源に気づき、それを和らげるために、さまざまなテーマで本を書き続けてきた。この本は、その流れを一つにして、新たな旅を始めるための一冊である。

この本を手に取ってくださったあなたにも、これが、なにかの「源流の一冊」となりますように。

どうか、私の「不機嫌退散レシピ」を、ご賞味あれ。

黒川伊保子

目次

はじめに　3

第1章　不機嫌を生まない対話術　015

リアルでも「いいね」を使おう　017
画像が先か、ことばが先か／「心が動いたこと」を伝えることば／「いいね」の効用／提案は「おもてなし」と心得よ

心の対話の始め方　026
母と子の対話が弾まない理由／共感型対話と問題解決型対話／夫の話法が、妻を不機嫌にさせる／夫の言うことを深読みしない／息子がモテないのは、母のせい／共感型対話の始め方①　相手の変化点に気づいて、ことばにする／共感型対話の始め方②

頼りにする／共感型対話の始め方③　社会的事案への意見を聞いてみる

話の呼び水　039

女にとって共感は、クラッチペダルのようなもの／男女の脳はチューニングが違っている／女は「何でもない話」ができる男を愛し続ける／オチのない話こそ、対話の奥義

対話の達人になる方法　046

気づきを生む「心の文脈」／「心の文脈」は、共感で紡ぐ／韓流イケメンが世界でモテている理由／命を守る「事実文脈」／夫たちは、まず妻の肩を持とう

第2章

女の不機嫌には理由《わけ》がある

055

母性の正体　057

母は戦士である／夫は、勝手に「戦友」にされている／夫は、でかい、うるさい、手がかかる

メスの本能は意外と残酷である 063
メスは、免疫力の高いオスを求めて浮気する／女の恋には賞味期限がある／母性本能は子どもに優しく夫に厳しい

思春期の娘はなぜ不機嫌なのか 069
思春期以降の娘に「いきなりの5W1H」は危険／世界で一番ありえない男子／話したかったら、相談事から

女性脳は「感情」で「記憶」を引き出す 075
女性脳に搭載された危機回避能力の一つ／女は蒸し返しの天才である／蒸し返しをとめる方法

夫婦は、24時間一緒にいるのに向いていない 081
女の危険ゾーン／女は「最後の3m」に絶望する／「妻をねぎらう」というマナーが夫婦を救う

人生最大の正念場 088
夫の、家事を「手伝う」という感覚が危ない／歯を磨くように、皿を洗うべし

男たちの落ちる罠 093
レストランでは女性を壁際に座らせるべき／男の「誠実」が、女には「不実」に感じられる

「女の定番」がわからない 098
突然なじられ、理由を教えてもらえない／誰もが、どこかでマイノリティである

第3章 不機嫌の根源は、脳の違いにある 103

男女の脳は違うのか、違わないのか 105
スペックは同じ、ただし初期設定が違う／男は遠くを見て問題点を指摘し、女は近くを見て共感する／女はしゃべり、男は黙る／男性脳が「正しく、優秀で、優位であ

る」と思い込んでいる人／真の男女平等のために

LGBTは、自然界の「想定内」である　114
為政者の深い闇の穴／「LGBTには生産性がない」発言の二重の間違い／解剖学的な根拠＝脳梁の太さの違い／男性脳は後天的に作られる／市民とは、生きているだけでありがたいもの

きみは、きみでいるだけで意味がある　122
誰に、何を証明しているの？／ゲイは、多産の家系に生まれてくる

日本語人の脳、英語人の脳　127
ヒグラシの音がうるさい？／日本語人は母音主体、英語人は子音主体／森と融和するのか、森の音楽を聴くのか

肘を使う人、手首を使う人　135
身体の動かし方を間違うとたいへんなことになる／四肢の動かし方には、4種類ある／逆上がりができないときは、家族総出でやってみる／悪いのは、センスじゃなくて師匠との相性／人生の無駄遣い

理系脳とはいかなる脳か 144
抽象化を面白がる脳と、具象化を面白がる脳／何のために学校に行くのか
自閉症はダメですか？ 150
「素数の匂い」とシャッターアイ／Autism（独自脳）もまた、人類のバリエーションの一つ
メンタルダウンしたら、カサンドラを疑え 155
カサンドラ症候群／わかってくれない、責めてくる／優秀な理系男子ほど、共感力低め設定／上司たちのメンタルダウン
共感障害——若者たちに密かに起こっていること 163
赤ちゃんの「微笑み返し」はコミュニケーションの基礎／ラジオ体操が覚えられない子どもたち／上司がバカに見える？／職場の死語／治せないが、利点はある／ふれあい体験が共感力を創る／スマホ授乳はほどほどに／進化とみるか、憂いとすべきか

第4章　この世の不機嫌にメスを入れる　175

丸暗記も無駄じゃない　177
歴史を知っていると、映画も2倍楽しい／勉強しておくと、教養ある大人の会話も楽しめる

人間に残される、最後の仕事　182
AIは人間を超えるのか？／しあわせになる権利は人間に残る／「人間らしく生きる」が仕事になる時代

「時代の飢餓感」に感応するセンス　187
ヒット商品を生み出すコツ／「一分一秒」へのこだわり／AIには「愛」がない

いいかげんのススメ　192
何かを徹底して排除することのリスク／除菌生活の功罪／おたふくかぜをもらいに行く／棲み分けもありでは？

千本目のバラ――AIに人生を奪われてはいけない 198
花束を喜ばない確率？／人生の奇跡は、痛みの中にある／「安全」と「安心」は違う／人に寄り添うAIの掟

母の悲しみでしか伝えられないこと 205
なぜ、人を殺してはいけないのか／母の悲しみに触れて／父の教え

第1章

不機嫌を生まない対話術

リアルでも「いいね」を使おう

SNSは、もはや人類に欠かせない表現ツールである。

たとえば、インスタグラムは、「その人の脳が感じている世界」が見えてきて面白い。ほっこりとした日常風景が並ぶ人もいれば、ちょっとシュールな情景が並ぶ人もいる。ポップな色彩のインテリア・コーディネートがとても上手い友人がいて、彼女が街角で拾ってくる風景もめちゃポップ。彼女が撮影すると、日本のなにげない路地が、パリやミラノみたいに見えてくる。

私は、彼女のセンスを信頼して、ダンスドレスのデザインと製作をゆだねている。どんなプロフィールを読むよりも、インスタグラムを見たほうが、その人のセンスがわかって役に立つ。そう感じている人は、私以外にも多いのではないだろうか。

画像が先か、ことばが先か

　インスタグラムのような、画像優先のSNSのいいところは、まず、心が動かされることだ。ことばは後からやってくる。だから、心が動いた瞬間に、素直に「いいね」ボタンが押せる。

　一方で、ツイッターのようなことば優先のSNSだと、脳内で、意味解釈が、感性に先んじてしまう。「しみじみ」は、大脳の論理演算の後からやってくる。このため、「ひとこと言ってやりたい」モードに入りやすい。刺すようなことばを誘発し、ことばの応酬に展開してしまう傾向にある。

　インスタグラムにあげられる、天才バイクレーサー、ヴァレンティーノ・ロッシの満面の笑みに、誰が何を言うことがあろう。ファンならば、「いいね」を押して、しみじみするしかない。しかし、その写真よりも先に、「久しぶりの5位入賞」ということばから入ってきたら、「やっぱり、表彰台に乗ってほしかった」と、つぶやいてしまうかも。

　コミュニケーション・ツールのデザインは、脳の使い方を決めてしまう。どのSN

Sで自己表現するかは意外に大事だと思う。私自身は、ことば優先のSNSは好まない。画像優先SNSで、心の赴くままに「いいね」ボタンを押すのが好き。

「心が動いたこと」を伝えることば

さて、この「いいね」ボタン、本当によくできた機能だと思う。心を動かされたら、ボタンを押せばいい。「どう」動かされたかは、いちいち言語化しなくてもいいのだ。

実は、この用法、日本人にはなじみが深い。日本の古語では、「おかし」「いとし」「かなし」など、「しみじみと心が動いたこと」を知らせることばが多用されていた。これらのことばには、広いニュアンスが包含される。美しい花が思いがけないところに咲いている情景に「いと、おかし」、せっかくの花が風に散って、花びらが水たまりに浮かんでも「いと、おかし」。いい悪い（あるいは勝ち負け）の評価軸とは無関係の、心の揺れだけを表す、ニュアンス語である。

女性たちが使う「カワイイ」も、実は、このニュアンス語。男性たちはよく、「女子のカワイイの基準が、いまひとつわからない」と言う。たとえば、ズボンからはみ出したシャツをカワイイと言ったりして。「何をもってカワイイと言うのか」、そんなこと気にしなくていい。女たちのカワイイには、基準なんてない。心が動いたことを知らせているだけなのだから。

ＳＮＳで使われる「いいね」ボタンも、ニュアンス語である。だって、「遅刻しそうになって、必死に走った。とほほだよ」なんていうメッセージにも、「いいね」を押すじゃない？　「いいこと」だから、「いいね」を押すわけじゃない。「あなたの表現に、心動かされました」と伝えているのである。

「いいね」の効用

私は、このニュアンス語こそが、対話力の鍵だと思っている。

おとなの男子に「カワイイ」は難しいだろうから、「いいね」を使おう。ＳＮＳで使い慣れている「いいね」をリアルでも使ってほしい。

特に、女性から何か提案されて、それが受け入れがたいとき。男性は、真っ向から反対意見をぶつけがちだけど、その前に「いいね」を使おう。

たとえば、恋人に、「中華、食べない？」なんて言われて、（ちょっと重いなぁ）と思ったとき、生真面目《き》に反論してないだろうか。「重いなぁ。最近、疲れてるんだよ。勘弁して」だなんて。これじゃあ、提案者のモチベーションが地に落ちて、対話は続かない。二人の間の空気は一気に冷えてしまう。そんなこと、望まないでしょう？

それなら、「いいね」で受けて、さらりとこちらの提案を差し出すべき。「中華もいいね。けど、今日は、蕎麦の気分かな。鶏おろし蕎麦なんて、どう？」というふうに。

多くの男子は、「いいね」と言ったら、その提案を受け入れなきゃいけないと思い込んでいるようだけど、これはそんな狭い意味のことばじゃない。「いいね」は、提案だけではなく、提案してくれた「気持ち」にも使えるのである。「提案してくれて、ありがとう」や「それもありだね」というニュアンスを伝える、便利なことばなのだ。だから、もっと気楽に使っていい。

女性の部下の提案がＮＧでも、「いいね。この方向性は悪くない。でも、資材調達が難しいのでは？」と返せばいい。いきなり、「資材調達どうするの？」なんて嚙みつかずに。

「いいところに気づいたね」「いいタイミングだね」のような言い方でもいい。提案してくれたことをねぎらう気持ちで。

実のところ、提案を「いいね」で受け止めようとすると、脳は自然に、この提案に何らかのいいところを探そうとしてしまうものなのだ。それが、ニュアンス語の効用の一つでもある。朽ち果てた風景でも、「おかし」とか「かなし」と言ってみると、そこに情が湧いてくる。情が湧くから、ニュアンス語を口にするのだけど、ニュアンス語を口にすると、情が湧くのもまた真実だ。

肯定するのならもちろん、反論するときも、まずは「いいね」で受け止める。対話力アップの大事なポイント。ＳＮＳのマナーをそのまま応用するだけだ。職場に限らず、家族にもぜひ。

提案は「おもてなし」と心得よ

さて、受け入れがたい提案を「いいね」で受けたときは、間髪容れずに別提案をしなければならない。先ほど例に挙げた「いいね。でも、今日は、蕎麦の気分かな」のように。「いいね」だけで止めてしまうと、提案を受け入れたことになってしまうからね。

男性は、提案に提案で返す展開を、「相手の意見をちゃんと聞いていない、はぐらかし」のように感じるようだけど、女性は気にしない。そもそも、女性脳にとって提案は「おもてなし」。相手に喜んでもらいたい気持ちをさし出しているのだ。だから、提案そのものを楽しむのである。「チーズケーキ食べない？」「チョコパフェもいいわね」「ここ、マンゴープリンが最高なのよ」「やっぱり、いちごショートでしょ」と口々に言い合う。これは、我《が》を張っているのではなくて、いわば、提案フェスティバル。こんな中にいて、真面目に一個一個撃ち落としていると、女性たちに二度と誘ってもらえない。

「すぐに、別提案が浮かばないときは、どうすればいいんだ？」と戸惑った男子の皆さま。そもそも、ノーアイデアでいてはいけないのである。

女性にとって、提案は、相手へのおもてなし。「私たちには、こんな楽しみ方がある」「あなたを楽しませたい」という気持ちで口にしているのだ。だから、デートの最初に「何、食べたい？」なんて聞いてはいけない。デートに誘うときだってダメ。「きみに食べさせたいラーメンがあるんだ」「新しい美術館ができたんだけど、行ってみない？」とか、提案で始めなきゃ。

コロナ禍で家にいる夫が、お昼になると「お昼、どうする？」と聞いてくる。あれには本当にイラっとする、と言う妻は多い。「お昼、パスタにする？　お湯沸かそうか」とか、「ピザトーストはどう？」とか、提案から始めれば、ランチを作る億劫さもかなり緩和されるのに。

夫「お昼、どうする？」
妻「カレーうどんはどう？」
夫「う〜ん」
妻「何が食べたいの？」

夫「わかんないけど、カレーうどんじゃない」
夫「お昼に、そうめん茹《ゆ》でようか?」
妻「いいわね、じゃ、錦糸たまご作ろうか?」
夫「いいね、ポン酢とラー油で、冷やし中華風にしてもいいね」
妻「じゃ、キュウリも切ろうね」

この二つの会話を比べてみればいい。前者には、夫婦の間に、不機嫌の雲が漂う様子が見えてくるでしょう? 後者の夫なら、ずっと家にいてくれてもいい。
「いいね」と「提案」。大切なひととの「不機嫌」を作らないための、大事なコツである。これをマスターするだけでも、この本を読んだ甲斐があるはず(微笑)。

心の対話の始め方

先日、友人から、悩みを聞かされた。

息子と、心を通わせる話ができない、と。

20代半ばのご子息が、会社の転勤で、実家に戻ってきたのだという。喜ばしいことなんだけど、まったく、会話が弾まない。自宅にいても、携帯端末を見ているばかりで、自発的に話すこともない。こちらの投げかける話題にも、「ふ～ん」「わかった」と紋切り型に返すだけ。

まるで、対話の消火器なのよ。あれじゃ、女性にモテるわけもなく、どうしてあげたらいいのかしら……と、美しく賢くエレガントな彼女が、珍しくため息をついた。

母と子の対話が弾まない理由

私は、ふと、過日、若い女性から寄せられた質問を思い出した。

曰《いわ》く、8歳の息子が、私と会話してくれなくなった。少し前まで、小さな恋人のように、何でも話してくれたのに。父親とは嬉しそうにしゃべるのに、私にはめんどくさそうにする。「私なんて、もういなくてもいいのかと、悲しくなります」と、彼女は涙ぐんだ。

私は、「あれ？」と思った。8歳の男の子なんて、好奇心に溢れていて、母親に何でもしゃべりたくてしかたないころだ。母親と断絶するのは珍しい。

そこで私は質問した。「日ごろ、どんなふうに話しかけてますか？　たとえば、昨日、学校から彼が帰ってきたときの会話を教えてください」

彼女は、「学校どう？　靴、揃えたの？　早く宿題やりなさい、でした」と答えてくれた。日ごろの会話が透けて見えるようである。「食べ終わったら、さっさとお風呂に入って」「明日の用意はできたの？」「なんで、○○しないの？」「だから、言ったじゃないの」

真面目で、一生懸命で、子どものことを何よりも大切にしている賢い母親がしがちな会話。5W1H型の質問（なに？　どこ？　いつ？　誰？　なぜ？　どのように？）と、命令と叱責で構成されている。

でもこれ、よく考えてみて。「学校、どう？　靴、揃えたの？」という会話、帰ってきた夫が「今日、何してた？　めし、できてるのか？」と聞くのと、まったく同じ話法なのである。話が弾むわけがない。

実は、家族との対話は、基本5W1Hで始めてはいけないのだ。それは、ゴール指向問題解決型といって、「目標を合理的に達成するための手段」としての会話の始め方。心を通わす会話にはなりえない。

共感型対話と問題解決型対話

対話には、2種類ある。

共感し合うための対話と、問題解決のための対話。前者は、通常、質問から始めない。

私は、「息子が話をしてくれない」と嘆いた二人の友人に、同じ質問をした。——あなたは、久しぶりに会った親しい友人が、素敵なスカートをはいているのに気づいたとき、いきなり「そのスカート、いつ買ったの？」なんて、問い詰める？　普通は、「そのスカート、素敵ね」と声をかけるのでは？

二人とも、「たしかに」とうなずいた。言われた身になってみれば、いきなり「いつ買ったの？」と質《ただ》されたら、ちょっとひるむに違いない。「何か問題でも？」と不安になるからだ。似合わない？　季節はずれ？　誰かと被った？　まさか、今日になって、半額になったとか？

そう、女は、「心を通わせるために会った」友人に、いきなり5W1Hの質問なんかしない。何か問題があって、それを指摘しないわけにはいかない場合を除いて。なのに、子どもにはこれをする。

夫の話法が、妻を不機嫌にさせる

そもそも、いきなりの5W1Hは、男たちがよくやる話法である。

あるとき、50代と思《おぼ》しき管理職男性からの質問を受けた。「なぜ、女性は質問にまっすぐに答えないのでしょうか」

先日家に帰ったら、妻が見慣れないスカートをはいていた。新しいのかなと思い、「そのスカート、いつ買ったの？」と聞いたら、少し不機嫌そうに「安かったから」と答えた。妻が５Ｗ１Ｈに答えないのはよくあることで、ずっと不思議だった。なぜ、まっすぐに答えないのだろうか？

やれやれ、お気の毒に、と私は思った。この男性は、「（このスカート、新しいのかなぁ）いつ、買ったの？」と尋ねているのだ。しかし、この質問、家計を預かっている者にとっては、「（俺に黙って）いつ買ったの？」と聞こえる。だから、「（あなたに黙って買ったのは）安かったから」と答えているのだ。妻の側には、マウンティングされたような不快感が残る。当然、話は弾まず、こんなことが度重なれば、夫は、妻に話しかける勇気を失っていく。

あるいは、妻がしたことに対して、夫が「どうして、こうしたの？」と質すことがある。たとえば、新しい三段ボックスをリビングに置いたときとか。妻にしてみれば、

「なんか、文句ある？　この辺がいっこうに片付かないのに、あなたが、何もしてくれないからじゃないの！」と逆上しそうになる。

けれども、多くの場合、夫は、純粋に「そうした理由」を聞いているのである。妻は、明るく「この辺が片付かないから、こうしてみたの。いいでしょ？」と答えればいい。「うん。あ、もう10センチ、こっちにずらせば、これも置けるよ」「ほんとね！」なんて話が弾むかもしれない（保証の限りではないけど）。

夫の言うことを深読みしない

ここには、二つの教訓がある。

夫は、妻に、いきなり5W1Hで話しかけてはいけない。

そして、妻は、夫のことばを裏読みしてはいけない。

「おかず、これだけ？」も「おかず、これだけ？（じゃ、これで、ご飯2杯食べられるように工夫するね）」なのである。「おかず、これだけ？（一日家にいて、これっぽっちかよ）」なんて言ってない。万が一、皮肉だったとしても、「そうよ。卵でもかける？

ふりかけもあるわよ」と明るく応えれば、皮肉は宙に浮かんで、消えてしまう。

夫の言うことを深読みしない。それだけで、家庭が一段、明るくなる。ぜひ、お試しください。

もちろん、夫である人は、〝心の通わない対話〟を誘発してしまう5W1Hに気をつけて。

家にいる夫が、出かける妻に「どこ行くの？　何時に帰る？」と聞くのもご法度。実はこの質問、夫の定年退職後に、妻の心拍数が最も上がる質問と言われているくらいだ。つまり、ストレスが高い質問。「家にいるべき主婦が、ふらふらどこへ行く？」と聞こえるのだそう。

化粧してよそ行きに着替えた妻には、「きれいだね」と声をかけよう。「出かけるの？　楽しんでおいで」と微笑めば、向こうから「デパートに行ってくる。何か美味しいもの買って、夕方には帰るね」と優しく言ってくれるはず。

もちろん、「お母さんの七回忌、いつだっけ？」とか「バターはどこ？」のような、第三者が主語の5W1Hに関しては、この限りではない。妻が主語の、〝いきなりの

5W1H〟だけ、気をつければいいだけだ。

息子がモテないのは、母のせい

さて、母と息子の対話が弾まない話に戻ろう。

夫の問題解決型の対話にこれだけムカついているのに、母親は息子に、それをしてしまう。

理由は、日本の子育てが、「目標」に満ちているからだ。ご飯をさっさと食べさせて、宿題をやらせて、風呂に入れて、翌朝、無事に送り出す……という短期目標、試験に合格させるという中期目標、立派な大人にするという長期目標。いくつもの目標が、私たち母親の前に立ちはだかる。かくして、「宿題やったの？」「学校どう？」「どうして、プリント出さないの！」という、問題解決型の対話だけで、日々が過ぎ去り、いつの間にか息子は大きくなって、家を出てしまう。

これは、実は大問題なのだ。大人になった息子と、楽しい会話ができない。さらに、息子が女性にモテにくい。

男同士の会話は、基本、問題解決型なので、男子は、母親から教わらないと共感型対話をマスターするチャンスがないのである。男子の母たちは、心がけて、共感型対話を交わさなければならない。

というわけで、家族との「心を通わせる対話の始め方」を以下に述べよう。女同士なら自然にやっていることなのに、なぜか家族にはあまりしないので、女性も、あらためて聞いてほしい。

共感型対話の始め方①　相手の変化点に気づいて、ことばにする

相手の変化点（服装やしてくれたこと）に気づいて、ほめる、ねぎらう、感謝する。これができたら、家族の不機嫌は激減する。

日ごろ、家族のために、座る暇もなく働いている主婦は、見返りなんか期待してはいないけど、当然のようにふるまわれると、「私ばっかり」なんていう気持ちになってしまう。とはいえ、外で働く者も一緒なのに違いない。あるいは、勉強や部活でがんばっている子どもたちも、「自分ばっかり」小言を言われ、がんばらされている気になっている。そんな家族の「自分ばっかり」を払拭《ふっしょく》するのが、「ほめる、ねぎらう、感謝する」である。

このお正月、台所に立ち働く私に、およめちゃんが食卓から大きな声で「お母さん、いただきます！」と声をかけてくれた。お正月は、茶碗蒸しにお雑煮に、と、主婦には座る暇がない。九州出身の母と江戸っ子の夫は、それぞれ丸餅派と角餅派なので、出来上がりのタイミングも違う。なので、私が食卓に座るのを待たずに食べてもらうのだが、それでも、何も言わずに食べる夫には、少々むかつくのである。その「不機嫌のタネ」を、普段大声を出さないおよめちゃんの、大きな声の「お母さん、いただきます」が吹き飛ばしてくれた。

なにも、特別なことを言わなくてもいい。「いただきます」や「おつかれさま」を、心を込めて言うだけでも。その上、家に帰ってきた夫や息子が「そのスカート、似合うね」「あ、僕の好きなナスのカレーだ」「シーツ、洗っといてくれたんだね、ありがとう」と言ってくれたら、どんなに嬉しいだろう。

だから、私は、息子にそうしてきた。離乳食を食べてくれたときも、「食べてくれたのね、ありがとう」と声をかけたし、息子が描いた絵一つにも、「あー、私の好きな色だ。嬉しい」と反応した（嘘はつかない。私は彼のセンスが大好きなのだ。彼が小学校一年生のときに持ち帰った版画は、22年経った今も私の部屋のメイン・インテリアだ）。おかげで息子は、共感型対話をしてくれる。

脳は、入力されたことしか、出力できない。この話法を知らないまま育てば、もちろん、それができない人になってしまう。

もしも、家族と心を通わす会話ができないと感じているようなら、いつからでも遅くない。「全部食べてくれたんだ。嬉しい」「宅配便、受け取ってくれてありがとうね」「お〜、因数分解、全問正解。かっこいい」などと、声をかけてみよう。

共感型対話の始め方②　頼りにする

男子としゃべりたかったら、頼りにしてみるのが一番だ。「カレーの味、見てくれる？」「今夜のお鍋に何入れようか」「今、会社で、こんなことで煮詰まっててさぁ。何かアイデアない？」「明日着る服、どっちがいい？」のように頼りにしてみる。

問題解決型の男性脳は、「問題を提起される（頼りにされる）」のが、意外に快感なのである。そして、その問題が解決したこと、すなわちゴール達成を認知すると、さらに脳の快感度が上がる。つまり、「頼りにして、感謝する（ゴール達成を称える）」は、対男子コミュニケーションの基本中の基本。もちろん、夫や恋人、上司や部下にだって使える。

頼りにして、何かしてくれたら、惜しみなくその成果を称えよう。「助かるわ」「さすが、ひと味違うわね」のように。男子をほめるには、サシスセソが効く。「さすが」「知らなかった」「すごい」「世界一」「そうなんだ！」である。

まともに口をきいてくれない思春期の娘にも、「頼りにする」は、突破口になることがある。「今度のお母さんの誕生日プレゼント、何にしたらいいかな」「スマホのこの機能、どうしたら使えるんだ？」のように尋ねてみよう。

共感型対話の始め方③　社会的事案への意見を聞いてみる

日ごろ、家族の会話が少なく、今さら「ほめる、ねぎらう、感謝する、頼りにする」も白々しいというのなら、いっそ、話題を家庭内のことから外へ広げてみるのも手。社会的事案をテーマに意見を聞いてみるのである。「バイデン大統領、あなたはどう思う?」とか「9月入学って、実現できるのかな」とか。

議論するのが目的ではないので、くれぐれも、相手の言うことを否定しないこと。相手の回答から、「共感」や「感心」を見つけよう。万が一、肯定できる点が見つからなかったら、「そうか、そういう考え方もあるのね」としみじみしておけばいい。

対話力の低い家族には、不機嫌がガスのように充満してしまう。〝不機嫌ガス〟は引火する。コロナ禍と高速通信のおかげで、家にいる時間が、人類史上最も長い時代である。どうか、お気をつけて。

話の呼び水

幻冬舎新書から『妻語を学ぶ』という本を出版させていただいた。

「あなたって、どうしてそうなの？」「ぜんぶ、私が悪いのね」「あっち行ってよ」「もう、しなくていい！」など、女が機嫌を損ねたときのセリフは18種類あって、それぞれに対処法が違う。『妻語を学ぶ』は、これらの〝妻語〟を解説し、どう答えればいいかを辞書形式でまとめたガイドブックなのだ。

この本を書くにあたって、「女が機嫌を損ねたときのセリフ」を、女性４人で何日もかけて網羅してみたのだが、18種類しかなかった。よくよく考えてみると、女性は、腹を立てたとき、男性が「理解力が低く、あまりにも鈍感」だと感じている。そんな相手に、わかりやすく伝えるために、「定番の」「記号化された」表現をするのだろう。

この本で紹介された〝妻語〟は、男なら、誰もが一度は言われたことがあるセリフだと思う。ちなみに、これを言われるのは、優秀な男性脳の持ち主であって、妻に愛されている証拠なのである。

女にとって共感は、クラッチペダルのようなもの

この本に、後日男性向け週刊誌の取材が入って、「夫が妻をおだて上げているように感じる人もいるようですが、どうなんでしょうか？」と質問された。「妻をおだてたくない人は、もちろん、しないでいい（笑）」と、私は答えた。

私は記者の方にこう説明した。

——女性は、コミュニケーションの基本として、共感を求めている。相手の話を否定するときも、「気持ちはわかるけど」と、まずは共感してから。相手の話を肯定するときは、「わかるわかる、そうよね！」と、これも共感してから。共感は、マニュアル車のクラッチペダルみたいなもの。減速するときも加速するときも、必ず踏まなければ、車はスムーズに走らない。ただそれだけのことです。

――愛する人に共感がないと感じたとき、女は絶望して機嫌が悪くなり、愛していない人に共感がないと感じたとき、女は無関心になる。機嫌を損ねるということは、そこに愛があるのだから、男としては、おだてるくらいの器量があってほしいですね。

――けどまぁ、したくない人にしなさいと言う親切心は、私にはありません。マニュアル車に乗って、「俺は、一生、クラッチペダルを踏まん」と言うのなら、それはどうぞ、ご自由に。一生、エンジンだけ吹かしていればいい。やがて、エンジンもかからなくなりますけど。

男女の脳はチューニングが違っている

男女とも、全機能搭載可能な脳で生まれてくる。男性にけっしてできないことも、女性にけっしてできないこともない。そういう意味では、男女脳は違わない。

しかし脳は、あらかじめ、生存に有利にふるまうようにチューニングされているのである。哺乳類の雌雄である女性と男性は、生存と生殖の戦略が違う。このため、チューニング＝とっさに採択する脳神経回路が違うのだ。

たとえば、少し離れた場所の動くものに瞬時に照準が合うことと、目の前を綿密に見つめ続けることは、同時にはできない。このため、脳は、とっさに使うほうを決めている。狩りに出ながら進化してきた男性脳は前者に、子育てをしながら進化してきた女性脳は後者にチューニングされている。

たとえて言えば、男女の脳は、同じラジオで、チューニング（選局）が違うようなもの。しかも、ダイヤルがかなり硬く固定されていて、互いになかなか替えられない。

脳生理学の先生の大半は、「男女の脳は違わない」とおっしゃる。たしかにメカは一緒だけど、「ボサノバ」と「天気予報」を同じものだと言い張っても意味がないし、誰もしあわせになれない。「ボサノバ」には「ボサノバ」の、「天気予報」には「天気予報」の利点と使い道がある。さっさとそれを論じたほうがいいのでは？　というわけで、私は、『妻のトリセツ』や『妻語を学ぶ』を書いたのである。

「男女の脳が違うなんて信じない」とおっしゃる方は、それもよし。私の言うことなんて、気にしなくていい。「やっぱり女（男）は、よくわからない」と思ったときに、ちょっとしたヒントを探しに来てくれれば、それで十分。

女は「何でもない話」ができる男を愛し続ける

女には、「何でもない話」で、心を通わせる習性がある。たとえば、「今朝、あなたの夢を見たの」「どんな夢？」「それが、忘れちゃった」みたいな実のない話。「さっき、駅の階段で、つんのめって落ちそうになっちゃって」「え！　落ちたの⁉」「いや、落ちてないけど」とか、「トンカツソース買ってきたら、開けてないのがあった」「あ～、あるある」とか。

男子からすれば、「いったい、何の話？」と、聞き返したくなるだろう。結論もない、教訓もない、うんちくもない情報量ゼロの会話である。けど、それがいいのだ。情報がないからこそ、共感に専念できるのである。

たとえば、先の夢を見た話なら、「あるよねぇ、内容は忘れちゃうんだけど、見たことだけは覚えてる夢」「そうそう」「不安なのかな。私の友情を疑ってるの？」「逆でしょ、あなたが心配なのかも。風邪ひかないでね」「うん」のように展開できる。

階段から落ちそうになった話なら、「わかるわ～。あの階段、滑り止めに靴が引っかかるのよねぇ。滑り止めすぎ」「私たちの齢《とし》で、階段から落ちたら、大腿骨骨折《だいたいこっ》よ」「こわ〜いっ」とか。

対話の目的が、心を通わせること＝共感なので、これでいいのだ。こういう会話が上手い男がいたら、女は永遠に愛し続ける。

オチのない話こそ、対話の奥義

ところが、その「何でもない話」が、男性はとてつもなく苦手。妻とコミュニケーションをとろうとして、「今日、何してた？」なんて聞いちゃうのが関の山。いきなりの質問は、相手をイラつかせるだけなのに。

妻にどう話しかけていいかわからないとき、「自分に起こった、ちょっとした話」をプレゼントしてあげるといい。「お昼に麻婆豆腐食べたら、これが辛くてさぁ」「駅の土手にスミレが咲いてたんだよ。黄色いスミレもあるんだなぁ」みたいなオチがない話。

実はこれ、相手の話を誘う「呼び水」なのだ。妻も、何でもない話で返してくれたりして、心が通じたようなほっこりした気分になっていく。たとえ、妻に、「で？」

って返されても、「それだけ。ただきみに話したかったんだ」と言えばいい。きっと、二人の間に、温かい何かが流れ出す。

そうそう、「何でもない話」は、スルーされることもある。女たちは、スルー想定内で、相手に「呼び水」をプレゼントしているのである。心の琴線に触れたときにだけ、心が通う仕組みなのだ。というわけで、上《うわ》の空の生返事でスルーされても、傷つかないで。真面目な男性には、それを言っておかないとね。二人の関係性にもよるけど、10発中2~3発の当たりでも十分なくらい、と、心得て。

対話の達人になる方法

先にも述べたけど、この世の対話には、２種類しかない。「心の文脈」を紡ぐ共感型と、感情を極力排除して「事実の文脈」を紡ぐ問題解決型である。

脳の原初的な機能に根ざした対話方式なので、日本語のみならず、英語であっても韓国語であってもイタリア語であっても、すべての言語において、この２種類になる。

つまり、二つの対話スタイルをマスターするだけで、対話の達人になれるってことだ。

気づきを生む「心の文脈」

脳には、「感情」で「記憶」をたどる機能がある。それを、そのまま口にするのが、「心の文脈」である。

たとえば、こんな感じ。「今朝さぁ、バイト先の店長がこんなこと言うわけ。すごく嫌な感じ。だって、そんなの無理じゃない？　私だって、一生懸命やってるし、そもそもそれは、○○さんの仕事だし。で、私がこう言ったら、こう言われて……」

お気づきのとおり、脳にストレスがあるとき、女性の多くは、「心の文脈」をたどる。男性には愚痴話に聞こえるかもしれない。しかしこれ、愚痴の垂れ流しなんかじゃない。脳の中では、たいへん有効な演算をしているのである。

感情をトリガー（きっかけ）にして記憶を想起すると、脳は記憶を再体験する。このため、最初の体験で気づかなかったことに気づくのだ。「そういえば、あの一言で、あの人の顔色が変わった」とか「そもそも、あの人もつらい立場だった」とか「私のやり方もちょっとだけ間違ってた」とか。つまり、〝深い気づき演算〟をしているのである。

逆に言えば、脳が「この度は、プロセスに気づきがあるかも。探ってみよう」と決心すると、口からは感情がこぼれ出す。ネガティブなことだけじゃない。心を動かされたことを語っていて、新しいアイデアを生み出すこともある。

感情で、過去の経緯を紡ぐこと。これは、深い気づきをもたらす脳の演算をアシストする対話なのである。

「心の文脈」は、共感で紡ぐ

このため、「感情で記憶を語り始めた人」の話し相手のミッションは、「記憶の再体験」を手伝うことだ。気持ちよく記憶をたどってもらうには、共感とねぎらいしかない。「そりゃ大変だったね。きみはよくやってると僕は思うよ」てな感じ。

もしも、とっさに頭に浮かんだのが、「きみも、○○するべきだったんじゃないの？　店長の言い分もわかるよ」だったとしても、それを最初に言ってはいけないのだ。まずは共感、できれば、ねぎらい。アドバイスはその後だ。大人になったら、「頭に浮かんだこと」をそのまま口にしていいわけじゃない。目の前の人の脳の動きを助ける。それが対話の第一目的だからだ。

本人が「自分にも非があったかも」と言い出したら、「たしかに、○○するという手もあったけど、その場では無理だよなぁ」くらいに〝えこひいき〟してあげればいい。さらに本人の反省は深くなり、あなたへの愛が深まる。ほんとです。

ちなみに、「感情で記憶を語る人」には、共感すると話が最短で終わる。怖がらずに共感してみてほしい。

韓流イケメンが世界でモテている理由

韓流ドラマを観ていると、韓流イケメンは、ちゃんとこれをする。恋人や家族に、めちゃえこひいきをするのである。えこひいきをして、恋人の肩を持ちながらも、全体の公平性を見失わない。そういう男子だけが、ちゃんとモテている。

韓流ドラマのすごいところは、ここ。単にイケメンだからモテるわけじゃない。正義のためには命も投げ出す一方で、恋人には、その正義も少し曲げるくらいにえこひいきする。ハリウッド映画にもイギリス映画にも日本映画にも登場しないタイプの、強くてスイートな、胸きゅんヒーローたちだ。とはいえ、ヒロインのほうも、ちゃんと誠意で返して、男の正義を邪魔したりはしない。彼らは、そういう女性にしか惚れないのである。

しかも、彼らは、よく本を読み、詩集を読む。そうして、自分の気持ちを伝えたり、彼女の気持ちを慰撫《いぶ》するときに、詩のフレーズを引用してくるのである。世界中の女性が、韓流に夢中になる理由がよくわかる。「えこひいき」と「ロマンティックなことば」と「強い身体《からだ》」と「美しい顔」と「ビジネスセンスまたは権力」……女が欲しいすべてが詰まっているんだもの。

この中でも、最も女心を打つのが「えこひいき」である。つまり、共感型対話のうまさだ。韓流ドラマを観ていると、「えこひいき」と「ことば」と、そこそこのセンスだけで、美女をゲットしていく男子が、よくサブキャラで登場する。ほんっと、韓流ドラマメーカーたちは、女ごころをよく知っていると思う。

命を守る「事実文脈」

さて、二つの対話スタイルのうちのもう一方、「事実の文脈」について。

こちらは、すばやく状況を確認し、問題解決を急ぐための対話である。対話は、スペック確認（5W1Hの質問）か、問題点の指摘から始める。

狩りをしながら進化してきた男性脳は、「とっさに命を守る」ために、こちらの対話方式を採択した。森や荒野を行くときに、共感なんかしている暇はない。「きみの気持ちはよくわかる。そっちの花はきれいだものね。でもさ」なんて言っている間に、谷に落ちてしまうかもしれない。「そっち行っちゃダメ」は、即座に言う必要がある。

さらに、感情を排除して、人の話を聞く習性もある。事実だけをすばやくつかむために。ということは、「心の文脈」のほとんどは、脳内でフィルタリング（排除）されてしまうのだ。このため、目の前の女性が何を言ってるのか、皆目わからないこともある。

「思い」を語る人には共感を、「事実」を述べている人には問題解決を。対話の達人になるコツは、たったそれだけ。なにせ、二つしか対話方式はないので。

――そんな簡単なこと、なぜ、義務教育で教えてくれないのだろう。

ちなみに、迷ったら、共感から始めればいい。「思い」を語る人に、問題点の指摘で返すとショックが大きいが、「問題解決」を望んでいる人に共感しても、さして不機嫌にはならないからだ。

夫たちは、まず妻の肩を持とう

気づきを生む「心の文脈」は、プロセス（過去の記憶や、これから起こることの想像）をたどる脳神経信号とリンクしている。命を守る「事実文脈」は、ゴール（問題解決、成果獲得）を目指す脳神経信号とリンクしている。

どちらも人類に不可欠な機能で、男女共にどちらも使える。しかし、脳がストレスを感じたとき（不安や不満を感じたとき）、多くの女性はとっさに前者を選び、多くの男性は後者を選ぶ。すなわち、ことが深刻で火急なときほど、男女はすれ違うのである。

かくして、妻の「思い」に、夫は「問題点の指摘」で答えてしまう。姑に言われた心ない一言を夫に訴えたら、「母さんにも悪気はないんだから」とたしなめられてしまったり（そんなこと妻は百も承知。ただ、慰めてほしかっただけなのに）。

妻と、隣の奥さんの間でトラブルが起こり、隣が99％悪くて、妻が1％だったとしても、「事実文脈の夫」は、「きみも、あの人を、そんなふうに挑発したらダメだよ」と言ってしまう。

目の前の問題解決から始めたほうが、命を救えるから。たとえば、腐った橋を渡ろうとしている人に、その橋を渡っちゃダメ、と言うのと一緒だ。腐った橋を放置しておく行政が悪いのだが、そんなことを言っていても、今この瞬間、目の前の命は救えないでしょう？

というわけで「きみも悪い。こうしたほうがいい」は、夫にしてみれば妻を救うための、誠実な一言なのだが、妻にしてみれば、夫が「絶対的に悪い隣の奥さん」の肩を持って、自分を責めたように聞こえる。

でもね、太古の昔から男たちは、こういう対話方式で仲間と自分の命を守りつつ、獲物を担いで荒野の果てから帰ってきたのだ。そうとわかれば、夫の「ひどいセリフ」も愛しくならないだろうか。……う〜ん、ちょっと無理かもね。

ならば、夫たちへ。直近の命の危険がないときには、まず妻の肩を持とう（微笑）。

第2章

女の不機嫌には理由《わけ》がある

母性の正体

女は弱し、されど母は強し。

昔の人は、そう言った。弱い女なんてこの世にいるのかしら？　と思える現代だけど、「正直、出産後の妻の変化に傷ついた」という男性は、女たちの想像をはるかに超えて多い。

『妻のトリセツ』を読んでメールをくださった、ある30代の男性は、「子どもができるまで妻は天使でした。しかし悪魔に変わった。家は地獄で、子どもの顔を見ることだけを一筋の希望に帰宅する日々でした」と語った。この方の場合、『妻のトリセツ』通りにふるまってみたら、妻が天使に戻った、という嬉しいご報告だったのだけど。

母は戦士である

私は、29年前に、一人息子を出産した。

赤ちゃんを育てる母親は、一瞬たりとも気を抜いていない。新生児の息子の息がほんの一瞬途切れただけでも、私は跳び起きた。

反射的に上半身をパッと起こした自分を客観視して、私は苦笑したことがある。こりゃ戦士だな、と。ここは戦場のベースキャンプか。それだけ、自分が命がけなのだと悟った。

出産の前の晩、眠りに落ちる寸前、私は不思議な感覚に襲われた。私の枕のすぐ上に、ばふっと大きな穴が開いたように感じたのだ。遥か遠くにつながるトンネルのような空間が開いた、そんな感じだった。私の息の音や、ふとんが擦《す》れる音が吸い込まれていく。とてもリアルな感触だった。

私は、あの世とつながる道だと信じた。子どもの〝仕上げの魂〟がやってくる道だ。そして、私自身もあの世にうんと近いところにいるのだ、と。不思議と怖くなかった。

子どもの命と引き換えに、私がこの闇の向こうに行くことさえ、まったく厭わなかった。翌朝早く、私と息子の出産が始まった。

母になるとはそういうことだ。時満ちるようにして、自然な覚悟がやってくる。命の危険と隣り合わせにいることがちゃんとわかるのに、怯える気持ちなんて一ミリもない。ただただ、子どものことを思うだけ。

母は、こうして命を投げ出した戦士である。そりゃ、強いわけだよ。

夫は、勝手に「戦友」にされている

さて、いきなり命知らずの戦士になった妻たちは、当然のように夫を戦友扱いする。おむつを替えていて、赤ちゃんが寝返りを打ったせいで、お尻拭きに手が届かない……！　なのに、傍にいる夫が、ぼ～っとしている。その瞬間、目から火が出るほど腹が立つ。

恋人気分のときには、「たっくん、とって～」と声をかけていたのに、甘えて取ってもらうなんて思いつきもしない。そりゃ、そうでしょう、「私がヘリコプターのエンジンかけるから、たっくん、ドア閉めて〜、ちゅっ」なんていう戦闘チームがいる？

妻は、自分が「戦闘任務遂行中」の脳になっていることに気づいていないから、夫が急に、無自覚の役立たずになったような気がして、絶望する。

夫にしてみたら、青天の霹靂《へきれき》である。ひどいショックを受けもする。出産に伴うホルモン変化でまろやかな身体になって、いっそう優しそうに見える妻が、赤ちゃんには聖母のような笑顔を見せるのに、自分には鬼のような形相を見せるのだから（もちろん個人差はある）。

夫は、でかい、うるさい、手がかかる

妻の脳は、その認識のレンジ（目盛）を赤ちゃんに合わせている。赤ちゃんの小さな身体、なめらかな肌を一日中凝視しているので、夕方帰宅した夫の顔を見て「でかっ」「脂っぽいっ」とびっくりしたりする。また、一日中、繊細なしぐさで赤ちゃんに接しているので、夫の歩く音がとてつもなくうるさく、ものをつかむしぐさがガサツに感じる。テレビでテロ事件の破壊映像が流れたりすると、強い衝撃を受けて、涙が止まらなくなることもある。

夫や世界が、急に暴力的になったわけじゃない。これもまた、妻側の脳の変化なのである。しかし、本人には自覚がないから、夫が急に無神経になったような気がして、絶望する。

そして、母性である。

母性とは、子どもを無事に育て上げるための本能。当然、母の脳は、子どもに自らの資源（時間、意識、労力）のすべてを捧げようとするのだ。

新婚時代、その多くを夫に捧げてきたのに、それがすべて子どもに振り分けられる。それだけではない。夫の資源もすべて、自分たちに捧げてほしいと欲する。それがキッパリとできることこそが、輝かしい母性なのである。

よく「うちの夫は長男のようなもの。その長男が、一番手がかかる」という奥様がいるのだけど、はたで見ていると、実際は夫にかける資源は子どもの10分の1。それでも脳は「あげすぎ」だと思い込んでいる。

世界中の妻たちの脳に、これらの変化が多かれ少なかれ起こっている。そんな妻の傍に、恋人時代と脳のモードがなんら変わらない夫が、無邪気にのほほんと寝そべっているのだ。映画「ランボー」の戦闘ワールドに、映画「ラ・ラ・ランド」のジャズ・ピアニストが迷い込んでしまったようなもの。私にしてみたら、危なっかしくて見てられない。せめて『妻のトリセツ』でも読んで身を守ってほしいものである。

メスの本能は意外と残酷である

竹内久美子さんと対談させていただいた。動物行動学の立場から人間の生態を繙《ひもと》く、痛快なエッセィで有名な作家さんである。私は昔から竹内さんの本のファンで、何冊も読んでいるのだが、その中で特に印象深かった話がある。「メスは、オスの免疫力の高さに惚れる」のだという。『女は男の指を見る』（新潮新書）という本の中の一節だ。

メスは、免疫力の高いオスを求めて浮気する

たとえば、ツバメは、尾の長いオスほどモテる。というのも、免疫力の高いオスほど、尾が長くなるからだ。尾の長いオスの遺伝子を持った雛は、ダニを付着させても

それが繁殖せず、死滅するのだという。成長期に病気になりにくいので、尾の左右対称性も高くなる。だから、見た目が、しゅっとしてカッコイイ（左右対称で艶《つや》のある、人間の目から見ても美しい尾羽《おばね》である）。

メスは、より免疫力の高いオスの遺伝子を残したいという本能を持っている。その本能に従って、つがいの相手（夫）より免疫力の高いオスと浮気するのだ。免疫力の高さは、見た目でわかる。ツバメなら尾の長さ、孔雀なら尾の華麗さ、人間ならば背が高く、足が長く、首が太く、胸郭が広く、声が低く甘い。

ツバメは、巣作りにテクニックが要る。片方が小枝を支え、もう片方が唾液でそれを固める。阿吽《あうん》の呼吸で巣作りをするため、つがいは、基本、一生涯変えないのだそうだ。

しかし、つがいのオスより尾の長いオスの遺伝子を持った卵が、巣の中に混じるのだそうだ。つまり、ツバメは浮気をするのだ。オスもメスも。ただね、と、竹内さんは言う。「重要なのは、メスは、つがいのオスよりも尾の長いオスとしか浮気しないってこと」

つまり、浮ついた気持ちなんかじゃなく、真剣な生存戦略なのだ。

とはいえ、かなり残酷な話である。イケメンは、チャンスも多いし、裏切られない。イケてない男子は伴侶を獲得するのがたいへんな上に、裏切られる可能性が高い。しかも、竹内さんによれば、オスの免疫力の高さは、母胎の中でほぼ決まってしまうとのこと。

雌雄のある生物種のオスに生まれるというのは、かなり過酷なことである。

女の恋には賞味期限がある

さらに、私の研究の立場から言っても、女性脳の生殖戦略は、けっこう残酷だ。もちろん、すべての女性が、100%本能に従っているわけじゃないが、その基本戦略は次の通り。

爬虫類、鳥類、哺乳類のメスは、生殖リスクが高いので（身ごもって授乳したり、卵を抱いたり、子育てをしなきゃならない）、基本的には、オスを警戒し、排除しようとする本能がある。そうして、遺伝子的に厳選した相手にだけ、その警戒バリアを解き、発情する。これが恋の正体。

しかし、一定期間は相手に夢中なのだけれど、いつしか、その「あばたもえくぼ」期間を脱してしまう。ある日、急にイライラしだすのである。寝癖がカワイイ、と思っていたのに、「なんで、きちんとできないの、この人は」と腹が立つ。「優しい」が「優柔不断」に、「頼もしい」が「自分勝手」に変わるときがくる。

恋は永遠じゃないのである。だって、ほら、「妊娠に至らない相手」に執着していたら、妊娠機会を逸してしまうし、生殖ごとに、より免疫力の高い相手に乗り換えたほうが有利だし。かくして、多くの夫婦が、「イラつく妻」と、「どうして、こうなっちゃったんだろう？」と首をかしげる夫の組合せになってしまう。

母性本能は子どもに優しく夫に厳しい

さらに、妊娠して出産すれば、恋の相手は、資源を提供すべき者に変わる。子どもを無事に育て上げるためには、搾取すべき相手からは徹底して搾取する、という戦略を取ったほうが、子どもの生存可能性が上がるからだ。というわけで、子を持った妻は、夫の労力、意識（気持ち）、時間、お金のすべてを速やかに提供してほしいという本能に駆られる。子どもには徹底して優しいが、夫には厳しい。これこそが、真の母性本能である。

夫に、目から火が出るほど腹が立つのは、母性のせいだ。男が変わったわけじゃない。多くの場合、女の脳のほうが、男に対する見方を変えているのである。

夫婦の危機はまだまだ続く。

やがて、子どもが自分の足で歩くようになると、脳は、「次の生殖相手」を探す気満々になる。よりよい遺伝子を求めて、脳はあくなき人生の旅をしている。

直近の繁殖相手よりいい遺伝子を、脳は求めてしまう。より免疫力の高い個体を。なぜなら、それこそがシステム論上、最も有効な繁殖手段だからだ。

最初の結婚を貫けないことも、婚外の恋愛をすることも、脳の機能性から言えば、いたしかたない。「生涯、一人の伴侶と添い遂げる」なんて、脳科学上、かなり無理があるのだもの。

でもね、だからこそ、これを乗り越えて、一つのつがいを守り抜くことこそが、人間性の証《あかし》なのかもしれない。そして、本能に打ち勝って、夫の傍にいる妻のなんと多いことか。多少機嫌が悪くても、許してあげてもいいのでは？

思春期の娘はなぜ不機嫌なのか

２０２０年、コロナ禍の真っ最中に、『娘のトリセツ』という本を書いた。

「娘の育て方」「娘との付き合い方」は、何年も前から、幾度となくオファーをいただいてはいるものの、私には娘がいないので、書く資格もモチベーションもないとお断りしてきたテーマである。しかし、小学館の編集者の方が、ついに私の心を動かした。

というのも、可愛くてたまらない中学生のお嬢さん（男子2人の後に、10歳も離れて生まれた末娘なのだそう）から、先日、衝撃の事実を言い渡されたと嘆いたから。「友だちの間で、うざいパパ・ランキングをしたら、パパが№1だった」と言われたという。理由を尋ねたら、「あれこれ聞いてくるから」だったとか。

「そんなに、しつこく聞いた覚えはないんですけど」とうなだれるお父さん、もとい編集者さん。私が「直近、彼女にどんな質問をしました？」と尋ねたら、「スマホのアプリに夢中だったので、それ何？　と聞いたくらいでしょうか。無視されたので、それ以上は聞かなかったし。ぜんぜん、しつこくないでしょう？」と、自分には罪がないと言いたげな様子で答えてくれた。

しかし、それがビンゴ！　だった。私は、その瞬間、この方のために『娘のトリセツ』を書こうと決心したのである。見事な「うざいパパ」ぶりで、あまりにも無自覚だったから。

思春期以降の娘に「いきなりの５Ｗ１Ｈ」は危険

先に、妻に対して、いきなり５Ｗ１Ｈ（なに？　どこ？　いつ？　誰？　なぜ？　どのように？）で話しかけてはいけない、と述べた。これは、娘にも当てはまる。

彼は、スマホアプリに夢中な娘さんに、無邪気に「それ何？」と尋ねているのだ。お絵かきに夢中な５歳の娘に、「それ何？」と尋ねたときのように。

5歳の娘は、機嫌を損ねることなく、「ウェディングドレスだよ。ののちゃんは、パパのおよめさんになるんだぁ」なんて、答えてくれたはずだ。あそこまでの愛らしさじゃなくても、せめてまっすぐな答えが返ってくるかと思いきや、15歳の娘は不機嫌のオーラをまとって、無言で自室に消えていく。お父さんたちのショックは、いかばかりかとお察しする。

とはいえ、こんなこと聞くなんて、危険すぎる。思春期以降の娘には、「それ何?」は、「何、くだらないことしてるんだ?」と聞こえているのである。そこまではなくても、父親に、自分が感じている面白さが伝わるとも思えず、ことばを選びかねて困惑し、退散することにしたのだろう。それが、思春期以降の女性脳というものである。

世界で一番ありえない男子

思春期の娘が、父親に急に冷たくなるのには、脳科学上の明確な理由がある。

脳の警戒スイッチが入ってしまうからだ。前にも述べたが、爬虫類、鳥類、哺乳類のメスは生殖リスクが高いので、基本的には、オスを警戒し、排除しようとする本能がある。異性から向けられた言動に一瞬身構え、「攻撃か⁉」と疑うのだ。遺伝子相性の悪い相手との望まない生殖を避けるための、脳の辺縁系周辺に仕込まれた大事な〝スイッチ〟である。

このスイッチ、父親といえども、容赦なく入る。いや、父親にこそ、世界で一番強く働くのである。なぜならば、ＨＬＡ遺伝子が酷似しているから。

思春期以降の女性は、異性に対し、基本的に警戒スイッチが働くのだが、そのままではつがえない。そこで、遺伝子相性のいい男性（免疫タイプを決める遺伝子＝ＨＬＡ遺伝子が自分と一致しない男性）だけに警戒スイッチを切るのである。ＨＬＡ遺伝子が一致しない相手と生殖すれば、子孫に、さまざまなタイプの免疫力をもたらすことができるからだ。

このとき、女性は、主に父親からもらったＨＬＡ遺伝子を使うという。つまり、父親は、ＨＬＡ遺伝子が最も近い相手。言い換えれば、「世界で一番ありえない男子」なのだ。

思春期というのは、娘にとっても残酷である。「世界で一番、大好きなパパ」が、ある日、「世界で一番ありえない男子」になってしまうのだから。警戒スイッチがうまくコントロールできるようになる18歳くらいまで、娘は、父親に不機嫌なのだが、それは許してあげてほしい。ここで関係がこじれなければ、やがて娘は父のもとへ戻ってくる。

話したかったら、相談事から

というわけで、思春期の娘には、少し遠巻きでいてあげてほしい。話しかけるときは、5W1Hは厳禁と心得て。学校や友だちのことを根掘り葉掘り聞いたり、娘のスマホを覗き見て、「そのアプリ何?」と尋ねたりしないことだ。娘の理解できないファッションにも「何だそれ?」なんて言ってはいけない。気になることがあったら、妻に任せること。父親は、あくまでも全幅の信頼を寄せている態《てい》を装ったほうがいい。

かといって、「娘の変化点に気づいて、ことばにする」と、キモいと言われる。話の呼び水を使っても、ほぼ100%スルーされる。

そんな場合の、とっておきの奥義がある。「相談事」を持ちかけるのである。「ママへ花束を贈ろうと思うんだけど、何色の花がいいかな？」とか「会社の若い女の子にこんなこと言われたんだけど、意味がわからないんだ」とか、「菅首《すが》相って、若い人たちはどう思ってるの？」とか。相談事は、相手への好奇心と信頼を同時に感じさせる。５Ｗ１Ｈの質問が、好奇心とマウンティングを感じさせるのとは対極的に。お試しあれ。

女性脳は「感情」で「記憶」を引き出す

女の会話は、共感で始まり、共感で終える。

誰かが、自分の身に起こった「大変だったこと」「ひどかったこと」を訴えたとき、女性はみな、無意識のうちに、同じことをする。それは、深い共感と、過去に自分の身に起こった同様の体験のプレゼントだ。「わかるわ〜。私にも、こんなことがあった」という返し方である。

「昨日、客に、こんなことを言われたの。へこんだわ〜」

「わかるわ〜。それ、へこむよね。私なんて、こんなこと言われた」

「先週、ぎっくり腰、やっちゃって」

「うわ、ぎっくり腰は痛いよねぇ。私なんて、ベランダで動けなくなって、1時間はそこにいたっけ」

自分に同様の体験がない場合は、他人を引き合いに出してでも、それをする。「ぎっくり腰やっちゃって」「え〜、大変。ぎっくり腰って、痛いのよねぇ。私はなったことないけど、京都の叔母が泣いてたもん」

話し相手が、京都の叔母を知らなくても、そんなことはかまいやしない。とにかく、なにがなんでも、共感＋同じ体験返し、である。

多くの男性は、この掟を知らない。だから、いきなり「こうすりゃいいのに」とアドバイスを返したりして、ムカつかれるのである。

女性脳に搭載された危機回避能力の一つ

女性が、「とっさの体験返し」ができるのには理由がある。

女性の脳の中では、多くの体験記憶に、その体験記憶を脳にしまったときの感情（情動、気分などを含む）が付帯している。感情が第一検索キーのデータベースなのである。

このため、感情の逆引きができる。感情をトリガー（引き金）にして、過去の記憶を瞬時に引き出してこれるのだ。

街を歩いていて、「危険な匂い」を感じたら、同様の「危険な匂い」と共にある記憶を瞬時に引き出してきて身を守る。かつて、階段の滑り止めにハイヒールのかかとが引っかかって、怖い思いをしたことがある女性なら、大げさな滑り止めのある階段に差し掛かった瞬間に、ほぼ無意識にその記憶を取り出して、自然に手すりのわきを行く。子育て遂行のために女性脳に搭載された、危機回避能力の一つである。

感情キー型記憶データベースのおかげで、女たちは、とっさに自分や幼子の身を守れるし、冒頭の対話例のように、友人の悲しみを優しく包み込むことができる。母性の源と言っても過言ではない。

女は蒸し返しの天才である

しかしながら、この感情トリガー、男性から見たら、深刻な副作用がある。何十年も前のことを、今起こったことのように言われる。それを何度でも繰り返される。

私の父は、私が生まれたときの一件を、事あるごとに言われ続けていた。12月半ばに帝王切開で私を出産した母は、姑に「本家の嫁が正月に寝込んでいるなんて」と皮肉を言われて、正月に台所に立ったのである。このとき、夫である父は、当然、庇《かば》うべきだった。なのに、「お産は病気じゃないからな」と言ってしまったのだ。出産してわずか2週間である。私は、遠く九州の実家に帰れず、極寒の信州で台所に立った母を思うと、今でも涙がこぼれる。タイムマシンで駆けつけて、手伝ってあげたいくらいだ。結局、母は高熱を出して倒れ、助産師さんに「産褥熱《さんじょくねつ》は命を落とすこともある」と怒鳴られて、父は震え上がったそうだ。

蒸し返される度に、父は真摯に謝っていたが、ときにため息をついて、私にぼやくのだった。「過去のたった一回の失言だぞ。俺だって、10回や20回は謝る覚悟だよ。けど、100回も200回も謝らせるのは、ひどいじゃないか」

私は父をなだめる。「お父さん、残念ながら、それは違う。思い出す度に、女は傷つくの。100回思い出せば、100回傷ついているのだから、100回謝らないとね」

蒸し返しをとめる方法

その蒸し返しが、30年目に、ふっつりと途絶えたのである。私のお産の日に。

私が産気づいたのは、土曜日の朝である。休日で家にいた夫に電話をかけたのに、何時間経ってもいっこうに姿を現さない。なんと、うっかり二度寝したのだという。こっちは命がけで苦しんでいるのに、二度寝って……絶句。

そのおかげで、私の父が、私の背中をさすり続けることになった。陣痛の波が襲う度に、お腹が痙攣して、娘とまだ見ぬ孫が苦しむ。延々と続くそれに、とうとう父が母に言ったのだった。「お産っていうのは、本当に大変なんだなぁ。あのとき、お前の傍にいてやればよかった。もっともっと優しくすればよかった」と。

母は、ほろりと涙を流して、以後、二度と蒸し返すことはなかった。

蒸し返されたときに謝るのでは、〝利子〟を払っているにすぎない。〝借金〟は永久になくならない。比較的しあわせなときに、蒸し返されたわけでもないのに、自発的にしみじみと謝る……それこそが極意かも。このとき父は、〝元本〟を返したのである。

夫婦は、24時間一緒にいるのに向いていない

２０１９年、私たち夫婦は還暦を迎え、夫が定年退職をした。ときに、結婚35周年を迎えようとしていた私たちである。ふと、このの《*》ち何年夫婦を続けていくのかしら、と指折り数えてみて、驚愕してしまった。

１９５９年生まれの私たちの世代は、３～４人に１人が１００歳以上生きるとメディアで言われていた。もしも万が一（三が一だけど）、私たちが１００歳に到達するのなら、なんとこれから40年もあるのである。人生１００年時代の到来は、結婚70年時代の到来でもあったのだ。

これまでよりはるかに長い年月を、私たちは夫婦として生きてゆく……！　永遠の愛を誓って涙を流し、我が子に出会い、泣いたり笑ったりして共に歩いてきたこの道

のりより、はるかに長いって、どんなに長いんだ。

しかも、夫が家にいる。

こ、これはかなりの覚悟と工夫が要るのでは？　と、私は珍しく動揺してしまった。

うちだけの問題じゃない。残念ながら、この事態に、人類は慣れていない。少し前まで、男たちは定年退職した後、そう長くは生きてはいなかったのだもの。そもそも、とっさに正反対の感性を働かせ、別々の行動に出る男女は、24時間同じ空間で暮らす仕様にはできていない。

『妻のトリセツ』という本を刊行したら多くの反響をいただいた。「妻の笑顔を10年ぶりに見ました」「夫婦仲が劇的によくなり、定年が怖くなくなりました」

妻の笑顔が10年も消えている家、定年が怖い家、そして、コロナ禍で若い夫婦さえも一軒の家に閉じ込められている今、日本の夫婦シーンは、暗雲立ち込めている。

女の危険ゾーン

妻が、買い物袋を両手に提げて、玄関から入ってきた。そんなとき、あなたは、跳んで行って、荷物を持っているだろうか。

我が家ははるか以前に、これをルール化した。私が、買い物袋をカサカサいわせながら玄関のドアを開けると、リビングで寛《くつろ》いでいた夫や息子が、跳び起きて、走ってきてくれる。夫が荷物を受け取り、幼い息子が手をさすってくれた。私は、その度に、「この家族のために、何でもできる」と思ったものだった。共働きで、買い物も料理も、洗濯も風呂掃除も、全部私がやっていたけど、この瞬間にすべてのわだかまりが氷解する。そんな感じだった。今では、誰もルールだなんて意識していないけど、やっぱり荷物の気配を察すれば、2階のリビングから夫や息子が降りてきてくれる。

ルール化した理由は、ここが一番、腹が立つポイントだったからだ。「ただいま」と声をかけても、夫が寛いだままのうのうとしていると、うんと腹が立つ。アタッシュケースに買い物袋を二つも三つもぶら提げて帰宅した私自身は、1秒も寛ぐことなく台所に立つのに。

腹立たしさを抱えながら台所に立つと、料理をしながら、「私ばっかり」と情けない気持ちになってくる。ついでに「洗濯も、風呂掃除も、このあと、私がやるんだわ」と家事の不公平を数え上げる羽目になる。これは危険だと判断し、「私が帰宅したら、玄関まで迎えに来る」をルール化したのである。それだけはやってほしい、買い物も料理もしないでご飯を食べるのだから、とお願いして。

結果、このルールは、私たち夫婦の結束を固くした。だから、日本中の夫である方に、熱烈推奨したいのである。特に、「家にいる夫」には、買い物帰りの妻を迎えるシーンが多発する。ゆめゆめ、気を抜かないように。

女は「最後の3m」に絶望する

あるとき、テレビのニュース番組の情報コーナーで、「妻の買い物袋を台所まで運んでください」と言ったら、コメンテイターの50代男性に「それは偽善だよ」と言われた。「妻は、ここまでの500mを運んできてるんだ。最後の3mがなんだっていうんだ。そこだけ持ってやったって、意味がない」と。

私は、「いやいや、妻は、最後の3mで絶望する」と答えた。家族のため、重い買い物袋を持って歩くこと自体に、私たちは腹は立たない。「こんなに重いなんて、家族なんていなきゃいいのに。子どもなんか産まなきゃよかった」なんて、誰が思うだろう。

けれど、玄関を入って、リビングで寝そべったまま何もしない夫には絶望する。要は「重くてつらいから手伝ってほしい」のではなく「ここまで500m重い荷物を指に食い込ませながら歩いてきたことをねぎらってほしい」からだ。

女性脳は共感とねぎらいで、ストレス信号を減衰させる。家事を手伝ってくれることもたしかに嬉しいけど、家事をねぎらってくれることのほうがずっと大事。

そう考えてみると、ヨーロッパの男性たちがするレディファーストは、よくできたマナーだ。女性が荷物を持っていたら手を差し伸べる、ドアを開けようと思っていたら開けてやる、女性が椅子に座るのを待ってから自分が座る。あれは、女性たちに「あなたを見守ってますよ、あなたがしていることに敬意を抱いてますよ」を表すアイコン（象徴）。今さら恥ずかしいと言わず、試してみてほしい。定年後の暮らしが楽になる最大のコツだ。なにせ、ここから40年あるのである。

くだんのコメンテイター氏は、「うちの妻は、30年も完璧な専業主婦として、僕を支えてくれている。いわば、プロフェッショナル。うちの妻に限って、そんなことは絶対にない」と言い切っていたが、翌日、お詫びのメールをくださった。「帰宅したら、玄関に妻が立っていて、黒川先生が正しい、と叱られました」と。

「妻をねぎらう」というマナーが夫婦を救う

あるとき、私のイタリア語の先生（イタリア人男性）に、夫源病について説明していたら、まったく通じない。イタリア語が難しいわけじゃない（最後はほとんど日本語でしゃべっていた）。イタリア人男性が、日本の夫たちが気軽にすることをしないからだった。

「2階から、妻を呼びつける？　したことがない。イタリア男は誰もしない。イタリアの女性は、絶対に来ないから」

「お茶！　それだけでお茶が出るの？　イタリアでは、店員さんにさえ、「Per favore（お願いします）」をつけるのに。しかも、家で飲み物を淹れるのは男の役目。イタリアで、妻に「Un caffè（コーヒー）」と言ったら、「いいわね」か「要らない」のどちらかの返事が返ってくる」

「靴下を脱ぎっぱなしにする？　なんだそれ。イタリアでは、大人はけっしてそんなことはしない」

「妻に小言？　とんでもない。女性たちの仕事には敬意を払う。家事は簡単なことじゃないから」

……だそうです。

イタリアでは、職業を聞かれると、堂々と「主婦（Casalinga、カーサリンガ）」と応える。家ごとに独自のパスタとソースとドルチェを継承していくマンマたちの地位は高い。「職業は？」と聞かれて、「いいえ、何も。ただの主婦です」と応える我が国の主婦たちがなんと多いことか。自分を過小評価しすぎて、人生に意味が見いだせず、夫に絶望する。家族に主婦業に対する敬意がなく、「ねぎらう」マナーがないのが問題なのだろう。

とはいえ、恥ずかしがり屋の日本男子に、イタリア男の真似は到底無理。日本男子らしい、和のレディファーストを作らなければならないかもしれない。

人生最大の正念場

夫が定年退職して数か月。夫が家にいてくれることが、こんなに安心で便利だなんて、予想外だった。

なぜならば、先輩妻たちの、「定年になって家に入ってきた夫」が邪魔だ、気持ち悪い、ストレスでしょうがない、という声を山ほど聞かされてきたから。

考えてみれば、私たち夫婦は、互いの家庭内プライバシーがしっかりしてるし（適正室温と寝る時間があまりにもかけ離れているから、互いの個室を持つようになって20年になる）、「夫の定年」で基本はなんら変わらない。夫が私のプライバシーを侵害することなく、やってくれる家事タスクが自然に増えただけなのだ。

「家事の分担」なんて、そんな形式ばったやり取りは一切しなかった。私が、何かとパニックになるので、自然に、彼がやるようになっただけだ。

「お昼食べなきゃ、間に合わない！　あ〜、でもシャワーも浴びなきゃ。ひゃ〜」とうろうろしてると、夫が「エピピラフ、チンしてあげるよ」なんて、言ってくれる。「もう出かける時間だ。洗濯物、干し終わらない〜っ」が何度かあったら、「洗濯物は全部やるから、気にしないでいい」と言ってくれた。「コーヒー淹れておいたよ」も、日常に。

ん？　こんな簡単なことが、なぜ、みんなできないの？


夫の、家事を「手伝う」という感覚が危ない

そんなとき、ある媒体から質問が届いた。「男にとって、定年は一区切り。一方で主婦の家事は一生終わらないと言われています。主婦である妻にやってあげられることは何ですか？」

一見、男の優しさのようだが、この質問自体が絶望的だと、私は思った。

共働きの夫婦には、外の仕事と、家の仕事が別物じゃない。「会議を抜けられたから、今日は、俺が子どもを迎えに行ける」「助かった！　お願い！」みたいなやり取りの中でギリギリ家事育児をこなしていて、仕事と家事がモザイクのように組み合わさっているからだ。このため、働く女性の夫が先に定年退職すると、自然に、家のタスク配分が変わる。ただ、それだけ。

そう考えると、「定年後問題」の多くは、家の仕事と、外の仕事を別物だと思っている夫婦の間で起こることなのだろう。

「外で働く」と「家事」はどちらも、よりよく生きるためのタスクで、「外の仕事」はいずれ免れるけど、「家事」は生きている以上、免れない。生きている限り、歯を磨き、お尻を拭くのと同じことだ。

「専業主婦」とは、外でバリバリ働きたい夫のために、「私は彼を支えたいし、外仕事への情熱がそれほどじゃないし、子どもが可愛いし、夫は家事が下手だし」という妻が、外の仕事を捨てて、家事を一手に引き受けた「一時的状態」。一生、家庭内のすべてを担当するという約束をしたわけじゃない。夫が定年退職して家に入ったら、何の疑いもなく、妻の家事が軽減するのは当たり前だと妻のほうは思っている。定年退職してなお「家事は妻の仕事」だと思い込んでいる夫は危ない。「手伝う」という感覚もだめなのだ。

「お昼は何？」とか聞いてくる夫の「家事への他人事《ひとごと》」ぶりに、妻は絶望していく（家事チームの一員なら、主体的に「お昼はどうしようか？　蕎麦でも茹でようか」と聞いてくるのが当たり前である）。その絶望がたまると、女性はある日「この人、なぜ、ここにいるの？」「一緒にいる意味がわからない」という感覚に襲われる。

歯を磨くように、皿を洗うべし

家事は、生きるために免れない営みであり、生きる喜びでもある。家事に主体的に参加して、自立して生きられることは、人生の尊厳につながっていると私は思う。

義母は晩年、自分でお尻を拭けなくなった時に、「情けない」と言って泣いた。義母は、人間としての尊厳を失った気がしたのだろう。家事は、その尊厳につながっている。家事に長《た》けた妻から見たら、時間があるくせに「お茶」「お昼は？」なんて言ってくる夫は、自分でお尻が拭けるのに「お尻拭いて」と言ってくるのと変わらない。

そんな尊厳のない夫を愛せないのは、当たり前じゃないだろうか。

歯を磨くように皿も洗い、お尻を拭くように床も拭く。それは、生きる営み。「主婦がやるべき仕事を、ここらでひとつ分担してやろう」的な、他人事的な話ではないのである。妻が主婦を務めてくれたということは、生きる営みを代替してくれていたのである。ここからは、共に生きる。二人で主婦（夫）になるのである。

定年、一区切り？　バカ言っちゃいけない。人生最大の正念場である。

男たちの落ちる罠

男性脳には、「遠くの動くもの」に、瞬時に照準を合わせる習性がある。

長らく狩りをしながら進化してきた男性脳は、動くものを発見したら、それが獲物であれ敵であれ、瞬時に察知して、そこまでの距離を正確に算出しなければならないからだ。

それが見渡す限りの広い開空間であれ、レストランのような閉空間であれ、男性脳の持ち主のすることは変わらない。目の前に広がる空間のあらゆる点をチラ見して全体を把握し、特に、動くものには、かなりの集中力で注視する。

それは、優秀な男性脳の証。危険を察知して身を守り、確実に獲物を持ち帰る、戦略に長けた脳の自然な行為なのである。

しかし、これが、ときに物議を醸《かも》し出す。

レストランでは女性を壁際に座らせるべき

あるとき、行政の婚活事業の一環で行われたカンファレンスで講演させていただいた。

婚活事業で「仲人役」を担ってくださっているボランティアの皆さんに、若い男女を指導するための「男心と女心がどんなところですれ違うか」講座である。

その中で、私がこんなアドバイスをさしあげた。「レストランで、壁際の二人席に座るときは、絶対に女性を壁際に座らせなければならない。男性が壁際に座るカップルはうまく行かない」

理由は、壁を背にして座ると、店全体を眺めることになるからだ。男性の目線は、店全体を泳ぎ、扉を開けて入ってきた女性や、テーブル間を動くウェイトレスに、けっこうしっかりと照準を合わせてしまう。

これは、「狩りをしながら進化してきた男性脳」の自然な所作なのだが、ロマンティックモードの女性脳には、「自分に集中してくれない。気のない男」に見えてしまうのである。

なにせ女性脳は、目の前の「動かないもの、比較的動きが緩慢なもの」への集中力の継続が半端ではない。こちらは、居所を守り、もの言わぬ赤ん坊を察する力だけで育て上げてきた性である。

――なんていう話をしたとたん、講演会場のいたるところで「あー」というため息がもれた。後から聞いたところによると、マッチングで、女性から断ってくる理由の第1位が「あの人は、私に集中していなかった。私じゃないんじゃないですか」だそうで、仲人ボランティアの方々は、日ごろ、男性には「目の前の女性に集中しなさい」と注意しているそうなのだ。

そんなこと言っても、とっさに潜在意識でとる行動は、顕在意識では止められない。お見合いは、男性が目をそらさないですむ環境を整えてあげなければね。

男の「誠実」が、女には「不実」に感じられる

昔、精密機器の組み立て作業を人の手で行っていた時代には、その生産ラインを支えたのは女性たちだった。手元の定型作業への集中力を継続するのが、女性脳のほうが得意だったからだ。

もちろん、男性脳に細かい作業ができないわけじゃない。伝統工芸品を作る匠《たくみ》たちを思い浮かべてみればいい。しかし、定型の精密作業に長時間、無邪気に集中できる力は、やはり女性脳にはかなわない。

女性は、その力を使って、デート中の男性に注目する。じっと見つめて、その息遣いさえ見逃さないようにしているのだ。その女性の前で、他の女性をチラ見して、話に上《うわ》の空なんて、失礼すぎる。でしょ？

というわけで、男性は、そんな状況に自分を追い込まないことが大事。刺客に襲われる心配がなければ、レストランでは、女性を壁際に座らせ、自分は壁のほうを向くことだ。

これは、もう一つ、紳士としての配慮にもなる。人や料理が動く通路側に女性を座

らせて、ドレスが汚れたり火傷《やけど》をさせるリスクから女性を守るためのマナーとして。

男女は、無意識のうちにとっさにとる行動が真逆なので、相手の「誠実」（空間をチラ見することで、恋人の身を守る行為）に「不実」（他の女性に目移りしている）を感じてしまうのである。

この罠、当然、お見合いに限らず、女性上司に説明を受けている男性部下や、女性顧客に企画提案をしている男性営業マンにも起こりうる。ちゃんと聞いているのに、「ちゃんと聞いてるの⁉」と逆上されたりね。男たるもの、自分の立ち位置（座り位置）には、心を砕いたほうがいい。

「女の定番」がわからない

59歳のとき、私は、二つの大きな衝撃を受けた。

それは、自分が左利きだったことと、自閉症スペクトラムだったこと。60年近くも生きていて、初めてそれが判明したのである。

長らく、自分は「普通」だと思って生きてきた。「世の中」とずれているところがあるのはうすうす気づいてはいたものの、「脳の認知傾向」と「身体の制御方式」が、根本から世のマジョリティと違っていただなんて……！

そりゃ、世間とすれ違い、なにかと不器用で悪目立ちするわけだ。

突然なじられ、理由を教えてもらえない

思い返せば、学生時代、目の前のクラスメートが急に怒り出して、「ひどい。あなたとは絶交！」と言われたことが何度かあった。「私、何か悪いことをした？」と聞き返すと、「それが一番腹が立つ」となじられる。私には、青天の霹靂だった。今もって、何に腹を立てられたのかがよくわからない。

おそらく、高校時代まで、私は女子トークの構造をよく理解していなかった。「私なんて、ぜんぜんだめだから」と言われたら「そんなことないよ〜」と返さなきゃいけない。「たしかにそうだけど、こうすれば大丈夫だよ」なんてアドバイスをしてはいけないのである。

他の女子たちが、誰に教えられずとも自然に身につけていく、こういう女子トークの定番の応酬モデルが、私にはいっこうに認識できていなかった。定型の認識フレーム（ものの見方、感じ方、ふるまい方の規範）が作りにくい、というのが自閉症スペクトラムの特性なのだ。

私には、この体験があるから、男性たちの戸惑いがわかる。

女性の愚痴や悩みを真剣に聞いて、有効なアドバイスを短時間で導き出したのに、いきなり「ひどい」となじられてしまう。自分の何が悪いのか、いっこうにわからない。あまりの急展開にびっくりして、自分の直前の発言さえもうまく思い出せない。理由を聞いても、「何を怒っているのかわからない？　それが一番腹が立つ！」と相手は泣き出したりする。狐につままれたような、悪い魔法にかけられてしまったかのような、エアポケットに落ちてしまったような、あの瞬間……とにかく恐ろしい。私は、それを、身をもって知っている。

認識傾向の違う脳が共に生きるというのは、なかなかに厄介だ。片方が「当然、返ってくるはず」と想像することばを、もう片方は持ちえない。それどころか、「ありえない」と憤るようなことばを、親切のつもりで言ってしまう。「速やかな問題解決と結論」が気持ちいい脳は、相手の話を途中で遮ってでも「速やかな問題解決」をしようと試みる。迅速こそが誠意だからだ。

しかしながら、「細やかな察しと共感」が大事な脳には、これは残酷だ。「きみに起こったことや、きみの思いなんて、取るに足らない」と言われているようなものだから。傷ついて、腹が立ち、涙がこぼれる。

誰もが、どこかでマイノリティである

私が男女の脳の認識フレームが絶望的にすれ違っていることに気づき、その差異を明らかにしようと思い立ったのは、私自身が自閉症スペクトラムだったからなのだろう。世の中の規範がよくわからないから、どちらの言い分も「たしかに、そうだよね」と思えてしまうのである。

私には、ずっと、自分の立ち位置がわからなかった。運動会の徒競走も、あれが「一生懸命走って順位を競う競技」だと認識したのはかなり後になってからだ。端《はな》から「勝ちたい」とは思わないので、意味がわからなかったのだ。ただ動物としての本能で、群れから離れるのだけはやばい気がして、がんばっただけ。一番になるために走るなんて、みんな、それを誰に教わるのだろう。親から言い含められるのだろうか。

左利きの自閉症スペクトラム脳なんて、究極のマイノリティである。マジョリティの勝ち組になれるわけがない（そもそも、世間が何と戦っているのかわからないのだもの）。

そうとわかれば、覚悟が決まる。

思えば、誰もがマイノリティである。ビジネス社会では女性脳がマイノリティ、家庭では男性脳がマイノリティである。数の問題じゃない。組織のありようと、それぞれの脳の認識フレームのありようが一致しているのがマジョリティだからだ。

どんな組織でも、マイノリティは分《ぶ》が悪い。会社では女性が、家庭では男性が居心地の悪い思いをしている。会社に女性の居場所を作り、家庭に男性の居場所を作る。それが私のライフワークである。

第3章

不機嫌の根源は、脳の違いにある

男女の脳は違うのか、違わないのか

2018年10月に発表した拙書『妻のトリセツ』には、2021年1月現在も、多くの愛読メールをいただいている（ひたすら感謝）。

あるとき、こんなメールをいただいた。「理不尽な妻の言動に翻弄され、地獄のような結婚生活だったのに、妻のトリセツを実行したら、いきなり180度変わりました。今では妻が、早く子どもが大きくなって二人で旅行や食事を楽しみたいと言ってくれるほどで、びっくりしています」

私も嬉しくなって、泣いてしまった。このご夫婦の互いへの愛の深さが、ひしひしと伝わってきたからだ。

愛し合っている夫婦が、脳がとっさに採択する演算モデルの違いで、すれ違っている。それを知るだけで、地獄が天国に変わる。違いを知ることは、理解し合い、共に歩むことの第一歩だと、私は信じている。

しかし、世間では、「男女の脳は違わない」「男女が違うということで、差別を助長する」という意見がなぜか根強いのである。

男女の脳は違う。
男女の脳は違わない。
――実は、どちらも正しい。

スペックは同じ、ただし初期設定が違う

男女共に、全機能搭載可能な脳で生まれてくる。
男性にしかない器官、女性にしかない器官というのはないし、「すべての男性にけっしてできないこと」や「すべての女性にけっしてできないこと」もない。スペック（機能の取り揃え）で比較すれば、男女の脳は変わらないのである。

ただし、男女脳をスペック比較して、「男女の脳は違わない」と断言する先生たちは、勘違いをしている。脳は、常にフルスペックを使う装置ではないのである。だから、フルスペックで比較しても意味がないのだ。

脳は、必要なときに、必要な回路だけを活性化して使う。たとえば、目の前を通りすぎる黒い影が、ネコだとわかるためには、ネコがわかる回路だけに電気信号が流れる必要がある。ゾウがわかる回路にも、ネズミがわかる回路にも電気信号が流れてしまうと、「目の前の動物がなにやらわからずすくむ」しかない。

つまり、「いい脳」とは、瞬時に必要な回路を選択し、潔くそこだけに電気信号を流せる脳のこと。特に命に関わる「とっさ」には、選択なんかする暇はないから、どの回路を使うか、あらかじめ決めておくしかない。このため、動物には、「とっさに使う回路」の初期設定がある。この初期設定が男女で違うのである。

男は遠くを見て問題点を指摘し、女は近くを見て共感する

脳の中には、それこそ天文学的な数の回路が内在している。これらの回路をあれこ

れ漫然と起動させることはできない。たとえば、「遠くの目標物を見る」ことと、「近くを見る」ことは、同時にはできない。「共感する」ことと、「問題点を指摘する」ことも、同時にはできない。素早く切り替えて、どちらもできることを示すことはできるけれど、必ずどちらかから始める必要がある。

何かことが起こったとき、男性の多くは「遠くを見る」と「問題点を指摘する」を選び、女性の多くは「近くを見る」と「共感する」を選ぶ。なぜなら、動物は、脳が不安や危険などのストレスを感じたとき、数ある脳神経回路の中から、「生存可能性を上げる」ものをとっさに使うように初期設定されているからだ。

男たちは、遠くの動くものに照準を合わせ、問題解決を急がないと、命が危ない。女たちは、近くを綿密に見て、仲間と共感し合わないと、子どもを無事に育て上げることができない。男女共に、その選択が、自らと子孫の生存可能性を上げてきたのである。それができる男女だけが生き残ってきた。そう、何万年も。

自然界の、長い時をかけた淘汰を、無視することはできない。「スペックが同じ」と言い張ったって、男と女はしあわせになれない。

女はしゃべり、男は黙る

人類は、動物界の中でも、子育て期間が圧倒的に長い種である。自然界の中では、授乳期間は2~3年に及ぶ。人工栄養がない時代、「自分の体調が悪くて、おっぱいが出なくなったらもうおしまい」では、リスクが高すぎる。このため、人類の女性たちは、群れで子育てをしてきた。群れで子育てをすれば、互いに共感し合って、察し合い、おっぱいを融通し合うことができるから。

また、人類の子どもたちは、成人して自立するまで、十数年はかかる。女たちがさんざめくように交わす、「今日の何でもないこと」「昨日の失敗」「明日の憂い」が、互いの子育ての知恵、生活の知恵となって、家族を守ってきたのである。

このため、女性脳は、「おしゃべりをして共感し合えば、確実に生存可能性が上がる」ことを知っている。だから、共感に満ちたおしゃべりをすれば、脳は、無条件にストレスを減衰させるのである。おしゃべりがストレス解消になる所以《ゆえん》だ。

一方、男性脳は、「沈黙」で生存可能性を上げてきた。

山や森を行くとき、風や水の音のわずかな変化で、狩人は、その先の地形の変化を知る。川のうねりや、谷が迫っていることを知るのである。もちろん、獣の気配を聞き逃すわけにはいかない。

また、目に飛び込んできたランドマーク（岩、木、山の稜線などなど）を、脳の仮想地図にプロットしながら歩いてもいる。元の場所に、確実に帰れるように。ほぼ無意識とはいえ、この作業もなかなか忙しく、おしゃべりに付き合っている暇はない。

男性脳は、「沈黙」を基準に動くように作られているのだ。その証拠に、男性脳の「おしゃべりに使うワーク領域」が、女性脳のそれの数十分の一しかないとも言われている。

「沈黙」こそが、男たちの生存可能性を上げてきた。だから、沈黙の中にいることで安心し、ストレスを解消するのである。

とっさの行動が真逆になり、ストレスの解消法も真逆。男女がわかり合うには、やはり、知の助けが必要な気がする。

男性脳が「正しく、優秀で、優位である」と思い込んでいる人

男女の脳は違うと発言すると、「科学的根拠がない（＝解剖学的な根拠がない）」「女性蔑視を誘発する」などと批判を受けることが頻繁にある。

しかしながら、スペックが同じだからといって、男女が同じ脳の使い方をすると考えるほうが危険だと、私は思う。

この間も、ある紳士が、私の講演の後で、「女性の脳と男性脳は変わらない。女性だって、ちゃんと教育を受ければ、男性と同じように優秀になれるんだから」と発言した。フェミニズムを標榜《ひょうぼう》する方で、「僕は女性の理解者」のトーンで、柔和な微笑と共に、この発言をなさったのである。

私は、どう答えたらいいかわからず、ただ立ちつくしてしまった。完全に、男性脳の使い方が「正しく、優秀で、優位である」と思い込んでいる人に、「しかし、女性だって、努力すれば男性並みになれる」と、全面的な好意で励まされたときこそ、私は、深い絶望の淵に沈む。

この方は、「世界の半分」すなわち女性脳が得意とする脳の使い方があることに、

まったく気づいていないのである（そのことを切々と説いた、私の１時間半の講演を聞いた後にもかかわらず（泣））。

女性にだって、「男性脳型を人類の理想とする」タイプはいる。「女が男と違うなんて、心外だわ。女性の地位を貶《おとし》めないで」とおっしゃる女性は、60代以上の高学歴のキャリアウーマンに多い。「女性も、男性並みであること」を証明するために、がんばって生きてきたのに違いない。

私は、男女雇用機会均等法施行の３年前に就職した。「完全男性脳社会」だった産業界を目《ま》の当たりにしているし、その中で、男性より男性脳型で活躍するキャリアウーマンたちを何人も見てきた。旧態依然とした企業の土俵の上では、そうならざるをえなかったのも深く理解している。

真の男女平等のために

しかし、時は21世紀。ほどなく、人工知能の上司や部下も登場しようとしている時代である。人間の仕事は、「合理性」や「問題解決」ではなく、「心で感じたことを、

ＡＩにフィードバックすること」に集約してくる。そうなると、女性脳型が産業界の主流になる日も、ないとはいえない。少なくとも、男性脳型と女性脳型が交じりあった組織にしておかないと、企業は危ない。

男女雇用機会均等法の前夜世代として就職し、黎明期の人工知能の開発チームに配属され、「ヒトとＡＩの対話」を研究し尽くす羽目になった私は、自分で言うのもなんだけど、「時代の申し子」なのだと思う。

私の使命は、女性脳型の感性演算モデルを世に知らしめ、価値化することにあるのだと信じる。その上で、男女が別々の感性演算モデルを選ぶ初期設定になっていることを、人類の素晴らしさの一つとして、男性たちと共に祝福し合いたい。それこそが、真の男女平等だと信じるから。

ＬＧＢＴは、自然界の「想定内」である

あるとき、自民党の杉田水脈《みお》衆議院議員の「ＬＧＢＴカップルには生産性がない」発言が、物議をかもした。

ＬＧＢＴ（レズビアン／ゲイ／バイセクシャル／トランスジェンダー）、すなわち性的マイノリティの人たちが、その性的指向によって差別を受けることは人権侵害に当たる、というのが、今の先進国の大半の見解である。宗教でそれを忌む立場の人でさえ、社会的に他の宗教の人々と共に生きることを受け入れるように、性的マイノリティを受け入れている。それが、21世紀という時代なのである。

為政者の深い闇の穴

愛し合って、共に生き、互いに財産を残したいという願いは、男女間であっても、男男間であっても、女女間であっても変わらない。結婚というものが、そういう気持ちの象徴なのであれば、まったく問題はない。

さらに、子をなさないカップルが増えても、自然界には、なんら問題はない。地球の人口は、今や80億に迫ろうとしている。私が大学で習ったときの地球総人口は40億ほどだった。ここ40年で約2倍に膨れ上がっているのである。自然界のバランスでいえば、多少子をなさないカップルがいても、しばらくやっていけるはず。

しかし、この国の為政者にとっては、結婚＝子ども＝次世代の納税者の創出、なのだろう。政治と経済の仕組みが、人口増加を念頭に作られているから。とはいえ日本列島に安全に住める人数は限られている。いつまでも「右肩上がり」で行けるわけがないのに。

政治や経済の観点からいえば、生産性がないということになるのに違いない。杉田議員の発言は、ある意味、その為政者としての姿勢を露呈しただけだ。そもそも、

「国が立ち行かなくなるから、少子化対策」とおおっぴらに政府は言っている。その流れからしたら、この発言は、当然の帰結という気がする。だから、私は驚かなかった。しかし、ぞっとした。この発言は、空恐ろしい。道に置いてあった板がずれたら、そこにぱっくりと深い闇の穴がのぞいた感じだ。

「LGBTには生産性がない」発言の二重の間違い

杉田議員の「LGBTカップルには生産性がない」発言には、二重の間違いがある。性的マイノリティの人たちの脳は、社会生産性がけっして低くない。そして、そもそも、生産性がない人に税金を使うのに違和感があるという考え方もおかしい。

性的マイノリティは、脳科学的には、「生まれてくるのが想定内の脳スタイルの一つ」なのである。単なる少数派であって、なにかの間違いなのではない。男性の身体に、共感型の脳が搭載されている人、女性の身体に、問題解決型の脳が搭載されている人は、昔から、一定数いるのである。

つまり、人類はもともと、「男性脳型男性」と「女性脳型女性」の2種類だったわけじゃない。もっと多様な脳の組合せでできている。そして、それぞれの脳が、別々のものを見て、それぞれの行動を取り、人類の多様性を担保してきたのである。だからこそ、人類は、ここまでの繁栄を可能にしてきたのだ。

後に詳しく述べるが、女性脳型の男性は、「直感が鋭く、芸術や科学に秀でた天才型」である。私には、合理的でタフな男性脳の中に、ときに天才型を混じらせるための、自然界の摂理だと思えてならない。加えて、性的指向にかかわらず、子どもを持たないことが生産性が低いと断じるのは、あまりにも短絡的であろう。

解剖学的な根拠＝脳梁の太さの違い

男女の脳は、解剖学的に見ても、実は違いがある。

右脳と左脳をつなぐ神経線維の束＝脳梁《のうりょう》が、女性のほうが太く生まれついてくるのだ。

もちろん、太さの違いに個人差はあるし、年齢でも違うし、人種や、日常に使う言語によっても違ってくる。このため、「年齢幅を大きくとり、人種や母語を多数混ぜた調査対象」にすれば、脳梁の違いはないように見え、これを絞れば、あるように見える。つまり、論文なんて、「脳梁の太さに男女差はない」とも書けるし、「ある」とも書けるのである。このため、昔から、どちらの論文も存在し、論文ごとに太さの違いを表すパーセンテージも違っている。昨今では、男女平等や性的マイノリティへの配慮を意識してか、「違わない」派が優勢である。

しかしながら、脳外科医の中には、「実感としてたしかに違う」とおっしゃる方もいるし、男女の脳の写真を読ませて学習させたＡＩも、未知の脳の写真を判定して、ほぼ間違いなく男女を見分けるという。人工知能の開発者として言わせてもらえば、男と女、これだけ出力の違う二者間で、脳梁の太さに差がないとは思えない。

右脳は、五感から上がってくる情報を統合してイメージを創る場所、左脳は顕在意識と直結して、ことばや記号を司る場所。これらの連携がいいということは、察しがよく、共感力が高く、臨機応変であるということだ。連携が悪いと、空間認知力が高くなる。俯瞰《ふかん》力、戦略力に長け、危険察知能力が高く、複雑な機構を考案したり、組み立てたりすることが得意だ。

この脳梁の役割からしても、女性は連携頻度が高く、男性は連携頻度が低いのが明白であろう。女性の高い連携頻度を支えるために、太い脳梁が必要なのである。

男性脳は後天的に作られる

さて、この脳梁だが、妊娠28週までは、男性も女性と同じ太さなのである。妊娠の中期から後期にかけて、男性の胎児には、お母さんの胎盤から男性ホルモンが供給される。その作用で、男性の脳梁は日々細くなり、生まれるまでに5～10%ほど細くなると言われている。

こうして、後天的に作られる男性脳なので、当然、母胎や子の特性やコンディションによっては、細くなり切らない男子が生まれてくる。

太めの脳梁の男子は、直感力が鋭く、芸術に秀でたり、新発見をしたり新事業を開拓するのに長けている。アインシュタイン博士の脳は、76歳で死亡したのち、研究のために解剖されているのだが、脳梁は、一般男性よりも10%ほど太かったのだそうだ。

その言動から、スティーブ・ジョブズも、脳梁は太めだったと推測する。多くのダンサーや音楽家、デザイナーに、その傾向が見て取れる。

アインシュタイン博士もジョブズも愛妻家として知られた。しかし、脳梁太めの男子の中には、女性のようにしゃべったり、ふるまったりしたほうが自然だと感じる方もいるに違いない。ときには、自分にない感性を求めて、男性を愛する人がいても、まったく不思議ではない。どの生き方も、脳に素直な生き方。なにも間違ってなんかいない。

女性脳は、基本太めの脳梁で生まれてくるが、育つ環境によって、男性脳型に機能することがある。

市民とは、生きているだけでありがたいもの

他人と違う脳は、他人と違うことができる。生産性という表現をあえて使えば、子どもを持たなくても、社会に変革を起こして、多くの生産に寄与している。実は、子どもを産まない女性の脳も、子どもを産む女性とはまた違う成熟のしかたをするので、同じことが言える。

そして、たとえ、本人がお金を稼いでいなくても、その人のためにがんばろうとする誰かがいれば、それはまた生産性を上げることになるのではないだろうか。働くことができない、障害のある人であっても、生産性がないなんてとんでもない。

為政者は、「市民とは、生きて、誰かと関わっていてくれるだけで、ありがたいもの」と思わなきゃ。それが人間社会の基本、政治の基盤なのではないだろうか。

きみは、きみでいるだけで意味がある

　この夏、世間で話題の韓流ドラマ「愛の不時着」を観たのをきっかけに、第三次韓流ブームにはまってしまった。韓国のエンターテインメントのセンスは圧倒的で、特に、韓流ドラマの脚本力は、一見に値する。

　一例を挙げよう。「愛の不時着」と話題を二分した「梨泰院《イテウオン》クラス」というドラマがある。信念を貫き通し、権力に逆らったために、はからずも中卒前科者になってしまった主人公が、韓国一のフード産業の経営者になるまでを描いた、熱いドラマだ。

　ドラマには、トランスジェンダー（男性から女性に性転換）の料理人が登場する。彼女は一途《いちず》に修業して、店の存亡をかけて、テレビの「料理人対決」に出場するのだが、

大事な決戦の日に、彼女がトランスジェンダーであることがＳＮＳでリークされる。徴兵制のある韓国では、女性に性転換した者への嫌悪感は、日本人の想像をはるかに超えて強い。侮蔑と好奇の目にさらされて、それでも彼女は「ここで私が逃げたら、負けたことになる。トランスジェンダーでもちゃんとできることを証明しなきゃ」と自分を奮い立たせる。

そのとき、店の経営者である主人公が、彼女にこう告げるのだ。「きみは、きみでいるだけで意味がある。（自らの存在意義を）誰かに証明する必要はない。嫌なら、逃げていい」と。わけあって、店の存亡がかかっているのに。

私は、そのセリフに虚を突かれて、一瞬フリーズしてしまった。日本のドラマなら、十中八九、「きみならできる」と、背中を押して励ますシーンだ。

こんな素敵なセリフ、久々に聞いた。

誰に、何を証明しているの？

今や、現実空間にも、ＳＮＳにも、「存在意義を証明しようとする人」で溢れかえっている。「いい子、いい人」「デキるビジネスパーソン」「美魔女」を目指して、みんなシャカリキになっている。けど、どうして、人に「どうだ」と言う必要がある？　ほんっと、みんな、立ち止まってみたらいい。なぜ、自分を誰かに誇示して見せているのかを。本当にそれが必要なのかを。

性別、学歴、出自による差別が激しい韓国社会では、それをはねのけていく手法も、硬軟織り交ぜていろいろあるようである。どのドラマにも、それがほどよくちりばめられていて、なかなか勉強になる。

私は、北欧ミステリーも大好きでよく読むのだが、北欧にせよ韓国にせよ、異国のものがたりには、「感じることば」が転がっていて面白い。先日読んだ小説なんて、冒頭に「今日は、マイナス32度。少し暖かくて助かる」なんて書いてある（！）。東京の冬はなんて優しいのだろう。

人生がつらく感じたら、ぜひ、北欧ミステリーか韓流ドラマを。そこには、びっくりするほど過酷な人生が転がっている。

ゲイは、多産の家系に生まれてくる

トランスジェンダーといえば、先日、動物行動学者のエッセイスト、竹内久美子さんと「WiLL」という雑誌で対談させていただいた。竹内さんは「LGBTカップルには生産性がない」という杉田水脈衆議院議員の発言に触れて、「そもそも、それ自体が誤解なんです」とおっしゃった。曰《いわ》く、ゲイの男性の母親の女系血族が多産であるというデータがある。妊娠しやすく、子育てに長けている優秀な女系の中に、ときにゲイの素質を持った子が生まれてくる。系全体で見れば、非常に高い生産性を示しているのだ、と。

私は、常々、脳機能論の立場から、「女性脳＋男性の身体」で生まれてくると、「美意識の高い天才型」になることが多いため、ゲイはときに人類に天才をもたらすための自然の摂理だと思う、と発言している。竹内さんの知見と合わせれば、女系の中で十分に遺伝子を残せているという「余裕」があるからこそ、天才型アーティストが生まれてくる、ということなのかも。

大切な人が「人類の大多数」の中に含まれない素質を持っていたとき、「梨泰院クラス」の主人公のように「きみは、きみでいるだけで意味がある」と言い切れる余裕を、常に持っていたいものである。

日本語人の脳、英語人の脳

20年ほど前のことである。東京医科歯科大学名誉教授（当時）の角田《つのだ》忠信先生の研究室にお邪魔して、脳の実験に参加させていただいた。

角田先生は、元は耳鼻科の教授で、日本人と欧米人の耳の聴こえに違いがあることに気づき、その違いがどこから来るのかを追求したあげく、そもそも脳の処理が違うことを発見されたのである。その研究成果は、1978年に『日本人の脳』という本で世に発表され、当時とても話題になった（この本自体は絶版になっているが、角田先生が2016年、90歳で出版された『日本語人の脳』〔言叢社。傍点著者〕に、その内容が包含されている。興味のある方は、ご一読をお勧めする）。

ヒトの脳は、右半球と左半球に分かれており、信号音や機械音は右脳（左耳）で聴き、ことばは左脳（右耳）で聴く。左脳には言語機能が局在しており、左脳で聴けば「ことば」として解釈され、社会的意味や情緒的意味合いを与えられる。右脳は、音の高低を微細に聞き分け、イメージを作り上げる。

この、「左脳で聴く音、右脳で聴く音」の境界線が、日本語の使い手（以下、日本語人）と、英語の使い手（以下、英語人）では違うのである。日本人と言わない理由は、日本語の使い手なら、遺伝子的に日本人じゃなくても、同じ傾向にあるからだ。

ヒグラシの音がうるさい？

日本語人は、自然界の音を、ことばと同じく、左脳で聴く。

虫の声や、笹の葉が風にそよぐ音、枯れ葉がアスファルトの上を転がる音、小川のせせらぎなどを、ことばと同じ領域で処理して、語感を味わって、寂寥感や清涼感、躍動感を覚える。枯れ葉を「カサコソ」、せせらぎを「さらさら」「ちょろちょろ」「とっぷん」のように、易々とことばに変換できるあたりが、ことばと同じ領域で聴いている証拠である。

右脳で聴く機械音、たとえばエアコンのファンの音は、ことば化することは難しい。右脳で受け止めた音は、イメージにはつながるものの、ことばのようには解釈されないからだ。エアコンのファンの音に「躍動感を覚える」と思ったりしないでしょう?

一方、英語人は、自然界の音を、機械や信号と同じく、右脳で聴く。

ということは、ただの音にすぎないってことだ。美しい音として受け止めることはあっても、「ことば」のように扱われることはない。つまり、「共通の情緒的意味合い」が生じない。ヒグラシのカナカナに、日本人が感じる寂寥感、笹の葉の擦《こす》れるサラサラの清涼感……。

その昔、小津安二郎《おづやすじろう》監督の映画をアメリカで放映するとき、蝉の鳴き声がうるさいので消してほしいという要請があったという。夕暮れの風景に、ヒグラシのカナカナ……という音がかぶる。日本人なら、その寂寥感が、このシーンに不可欠なのが痛いほどわかるのだが、アメリカ人にはただうるさいだけだったようだ。

蝉の声は、まぁ、聴きなれていなければたしかに騒音になりえるかもしれない。けれど、春の小川が、逸《はや》るように、弾むように流れる、あの楽しげな音までが、ただの音だなんて。そんな耳で、山や森に入ったら、いったい、どんな感じなのだろうか。

日本語人は母音主体、英語人は子音主体

この違いを生んだ原因は、母語にある。

英語人は、子音を主体に音声認識をする。子音から子音への流れで音節を切り出すのである。たとえば、Kurokawaというワードを、K→R→K→Wで認知する。間の母音は、子音流れをうまく作るための音響効果にすぎない。このため、欧米人の脳は、子音のみを左脳で聴き、母音を右脳で聞き流す習性があるのだ。

一方、日本語の使い手は、音声を聞くとき、母音で骨格を立てる。Kurokawaと聞けば、U-O-A-Aという母音をいち早く聞き取って、４文字のことばであることを知るのである。

母音で聴くか、子音で聴くか。日本人が、英語を聞き取りにくい理由が、ここにもあるのかもしれない。脳の、音声波形の処理方法が、正反対なのだもの。

さて、この母音が、自然音と、音の構造がよく似ている。母音は、声帯振動音である。共鳴箱である口腔は、軟口蓋《なんこうがい》（ノドチンコ）や舌や唇など、柔らかく揺れる、複雑な形状をしている。このため、声帯振動音は、方向性の違ういくつかの音の集積音となる。

笹の葉は、一枚一枚が違う方向に生えているので、これらが擦れて出る音は、やはり、微妙に違う音の集積音になる。虫の羽にもしわがあり、羽を擦り合わせて出す音も、別方向のベクトルを持ついくつかの音の集積音になる。

このような「いくつかの微妙に違う方向性の音の集積音」いわゆるアナログ音を、日本語人は、左脳で聴き、ことばでもないのに、ことばのように情緒的な意味合いを与えてしまうのだ。母音主体で音声波形を処理する日本語人の脳ならではの、世界から見れば「誤作動」である。

ちなみに、角田先生によれば、母音を左脳で聴くのは、日本語のほかには、ハワイ語、ポリネシア語など環太平洋のことばの使い手に確認されている。代表的な欧米語の使い手は、母音を右脳で聴くそうだ。

どの言語の使い手であっても、信号音や機械音のような、規則正しい音の波でできている硬質なデジタル音は右脳で聴く。

規則正しい音の波といえば、弦楽器や管楽器もそう。ヴァイオリンの音や、クラリネットの音も、ことば化しにくい。楽器の音は、「華やか」「厳《おごそ》か」「牧歌的」などのイメージは想起させるけれど、「きょろろん」「ほっほー」のようにことば化を試みても、「そうそれ！」とは言い難い。楽器の場合、旋律や和音、ビブラートなどの技巧を伴ってはじめて、情緒的意味合いが表出するように思う。

森と融和するのか、森の音楽を聴くのか

日本語人の脳は、自然音を、ことばの音のように聴く。森に入れば、風が語りかけ、春の小川が楽しんでいるように感じるのである。日本語の使い手は、自然と共感できる脳の持ち主と言い換えてもいい。だから、私たちは、森の中で、ひとりにはならない。

一方で、母音を「ことば」扱いしない欧米人の脳は、自然音も「ことば」扱いしない。森は、「語りかけて」はこないのである。森の中で、人は、さぞかし孤高になることだろう。

森の音を、楽器の音と同じ側で聴く欧米人にとって、森は、美しい音楽を奏でているのに違いない。そのセンスで、クラシック音楽のシンフォニーが生まれたのかも。たとえば「田園」を、そんな気持ちで聴いてみたら、面白いかもしれない。

森と融和して、一体になるのか。

森と対峙して、その音楽を聴くのか。

どちらも素敵な感覚だ。この星に、これら二つの感性があることを、私は心から祝福したい。クラシック音楽にせよ、美術品にせよ、建築物にせよ、西洋文化がなかったら、この世はつまらないもの。自分と違う脳が作ったものは、神秘的で、興味深い。

逆に言えば、私たちの文化も、欧米人から、そんなふうに見えているのだろうか。日本人にしかできないこと、日本人らしさへの憧れ。そう考えると、「母音主体」というマイノリティであることは、大きなアドバンテージである。

肘を使う人、手首を使う人

知人が、ご子息の発話障害で悩んでいた。

7歳の坊やに吃音《きつおん》があるので、クラスメートにからかわれてしまうのだという。言語聴覚士の発音トレーニングを受けたほうがいいでしょうか、脳に何かあるのでしょうか、と、子煩悩なパパは本当に心配そうだった。

どんなふうに？　と聞いたら、「語頭のアとオですね。アアア、とか、オオオ、とかになります」と言う。「ア段とオ段の音だけ？」と聞いたら、「はい。イやエやウは聞いたことがない」

私は、思うところあって、こんな質問をしてみた。「坊やは、縄跳び、できないでしょう？」

その知人は、電気ショックを受けたかのように椅子の上で飛び跳ねた。「なんでわかるんですか⁉　そうなんです。それも悩みなんです」

身体の動かし方を間違うとたいへんなことになる

アとオがうまくいかないということは、口腔を縦に伸びやかに開けられないということだ。脳の言語機能障害ならば、筋肉ストレスが高いイなどにも、その傾向が現れるはず。これは、言語障害じゃないし、脳の異常でもない、身体を伸びやかに上下に使えない何かがあるのだと、私は推測した。

そこで、原宿にある廣戸《ひろと》道場（スポーツ整体の施術所）の山本裕司先生のところへ親子を連れて行き、体幹トレーニングをしてもらった。そこで判明したのは、縄跳びが跳べないのは、パパのせいだったのだ。

この父子は、体幹コントロールのタイプが違った。それが仇《あだ》になったのだ。

パパのほうは、肘を体側につけて、手首を使って跳ぶタイプ。なのに、息子さんのほうは、肘を使って跳ぶタイプ。当然、肘が動く。パパはそれが気になって、「肘をちゃんと身体につけなさい」と注意し続け、本人も憧れのパパのスタイルを真似しようとして、跳べなくなってしまったのだ。

山本先生の巧みな指導で、肘が使えるようになったら、あとは水を得た魚のよう。たった1回のトレーニングで、彼は縄跳びが跳べるようになった。一件落着。そのときから、彼は二度とことばがつっかえなくなった。それどころか、運動音痴だと思っていた彼が、めきめきと本領を発揮しはじめたという。パパは、満面の笑みで、「なんと、この間のマラソン大会で、トップ集団にいたんです！」と報告してくれた。

「肘を身体から離して、ふらふらさせるのが、気になるんですけどね」

いやいや、もちろん、それでいいのである。

四肢の動かし方には、4種類ある

ヒトの四肢コントロールは小脳が担当している。

実は、この小脳のコントロールには4種類あり、生まれつき、どのタイプを使うかが決まっているのである。具体的に言うと、ものをつかんだり使ったり、立ったり歩いたりするとき、四肢のある動物は、腕や脚の骨を回旋させて動きだす。その回旋の中心となる骨が、人によって違うのだ。

前腕は、人差し指につながる内側の骨（橈骨《とうこつ》）と、薬指につながる外側の骨（尺骨《しゃっこつ》）から成り立っている。この2本の骨のうち、内側の骨を優先させて使う人と、外側の骨を優先させて使う人がいる。そして、それぞれに、中指に向かって内旋させる人と、中指から離れるように外旋させる人がいるので、都合4種類の身体制御タイプが出来上がる。ちなみに脚は腕と連動する（腕を人差し指外旋で使う人は、脚も人差し指外旋で使う）。

このうち、薬指や人差し指を、中指から離すように外旋させて動き出す2タイプは、肘をバランサーとして使う。肘を身体から離して、身体のバランスを取るのだ。ペットボトルの飲み物をごくごく飲むとき、肘が上がって、脇が空くのなら、このタイプ。廣戸道場（廣戸聡一代表の提唱した「4スタンス理論」）ではBタイプと呼ばれている。

一方、薬指や人差し指を、中指側に内旋させて動き出す2タイプは、肘は、なるだけ身体から離さず、手首をバランサーとして使いたがる。縄跳びは体側に肘をつけたまま跳ぶし、ペットボトルの水を飲みときも、脇は空けずに、手首を使って、ペットボトルをあおる。廣戸道場では、Ａタイプと呼ばれている。

逆上がりができないときは、家族総出でやってみる

吃音が治った坊やはＢタイプで、しかも薬指外旋型。パパはＡタイプで、しかも人差し指内旋型。対極にいる二人だったのだ。肘でバランスを取る坊やに、肘をふらふらさせるな、と強制したあげく、運動音痴で吃音の子にしてしまったのである。

子どもを指導するときは、これを見極めなければならない。肘を使うタイプなのか、手首を使うタイプなのか。それによって、自転車の乗り方も、逆上がりのしかたも違う。逆上がりをするとき、手首タイプは、肘を屈曲してみぞおちを鉄棒に近づけるが、肘タイプは、肘を伸ばして鉄棒から離れないと成功しない。

自分の子が運動音痴だと思ったら、一度見直してみてほしい。自分と子の肘や手首の使い方の違いを。そして、子どもと同じタイプの大人に預けることだ。タイプがわからなかったら、父、母、叔父、叔母、祖父、祖母、家族総出でやってみればいい。

誰かがきっと、その子の「正解」を持っている。

悪いのは、センスじゃなくて師匠との相性

大人だって同じこと。スポーツであれ、匠《たくみ》の技であれ、「身体を動かすこと」の師匠は、同じタイプを選んだほうがいい。あるいは、人それぞれの動かし方を認め、見極めてくれる師匠を。

私のダンスの師匠、波田《はた》悠介先生は、私と同じタイプで、「4スタンス理論」に造詣が深く、指先の動き一つ一つまで、何の心配もなく頼ることができる。関節各所が、同じ初動、同じ旋回なので、まるでもう一人の自分。安寧な踊り心地で、本当に気持ちいい。先生自身が日々工夫していることを教えてもらうと、そのまま身につくのもありがたい。

とはいえ、違うタイプのセンスに触れてみたいと思って、一昨年から、長年憧れだった元日本チャンピオンの谷堂《たにどう》誠治先生にもご指導いただいている。谷堂先生は、私とは正反対のタイプなのに、ちゃんと「変換」してくれる。「足首をこう使ってほしい」と言われて、私が「私は、そういうふうに使うと関節にストレスがあります。膝を先に使いたい」とお願いすると、何度か試行錯誤して、同じ成果が出せるように、「私自身の道」を見つけてくださる。私がお願いなんかしなくたって、時々「あ〜、こういうふうに、動きたいんですね。じゃ、こうしますか」なんて言って、自動変換してくれる。違うタイプの動きを楽しみながら、自分の道を究めていける。贅沢なレッスンである。

アルゼンチンタンゴの世界チャンピオン、新垣《アラカキ》アクセル先生もまた、私とは別のタイプ。けれど、やっぱり、「人それぞれ」を大切にしてくれる師匠である。「伊保子さんは、ここで足が上がっちゃうの？　じゃ、そういう振付にしちゃおう」ってな感じ。

そんな私も、指導者によっては、難儀する。かつて、「首はこっち、手首はこう。何度言ったらわかるんだ」と叱られ続けたあげく、肩と腕を壊して、廣戸道場に駆け込んだのである。代表の廣戸聡一先生は、私の身体を触ってすぐに、日ごろの動かし方の間違いに気づいて、「指導者が合っていない」と指摘してくれた。

人生の無駄遣い

知人のソムリエが、「師匠のソムリエナイフさばきを真似できる人は、習ってすぐにできる。できない人は、いつまでもできない。自分独自のやり方を考え出すしかないの。あれってなんだろう」と言っていたが、さもありなん。

ワインボトルの口まわりにナイフを当てて、手首でくるっとなぞるしぐさは、前腕骨の旋回を最大限に使うので、手首タイプと、肘タイプでは、回す角度も、折り返すタイミングも大きく違ってしまう。もしも、ナイフの握り方や、手首を返す位置なんかを厳しく限定されたら、師匠と反対のタイプの弟子には、絶対に抜栓できない。

あなたが、何かの師匠についていて、繰り返し叱られ、どうしても言われたとおりにできないのなら、残念ながら師匠を変えたほうがいい。明らかにタイプが違っていて、師匠自身がそのことに気づいていない。どんなに素晴らしい競技者であっても、指導力は、また別のものだから。

好きなことを習っているのに、どうにもうまくできなくて、不機嫌になっていく。お金をかけたあげく、果ては身体を壊してしまう。あるいは、一流のアスリートが、そのパフォーマンスを著しく下げてしまう。それが、師匠とタイプが違っているだけのことだなんて、あまりにも残念。「人生の無駄遣い」じゃないだろうか。

理系脳とはいかなる脳か

「文系脳・理系脳って、ありますか？」という質問を、時折受ける。

私は長らく、「わからない」と正直に答えてきた。

私自身は、昔から本好きで、中学生のときから小説を書き、高校1年生までは文学部志望だった。自分が理系だなんて、みじんも思ったことがなかった。

しかし、ある日、『相対性理論入門』の本に出逢い、すっかり物理学の世界に心酔してしまい、理系に転向することになった。高校の物理の先生が、ダスティン・ホフマン似のイケメンだったことも、大きかったと思う。

とはいえ、無事に国立大学の物理学科に入学したものの、私には、なんとなく、「よそもの」感がぬぐえなかった。バリバリ理系のクラスメートとは、気持ちの温度差があることを感じていたし、コンピュータ・メーカーに就職して、エンジニアになったのちもしばらく、なんだか自分の居場所じゃないような、ボヘミアンのような気分で生きていた気がする。

だからといって、世にいう文系とは、違う気がする。理系男子とのほうが気が合うし。はてさて、文系と理系、何の違いがあるのだろうか。

抽象化を面白がる脳と、具象化を面白がる脳

その長年の疑問に、あるとき、決着がついた。

沖縄の小学生ユーチューバーの「学校に行かない宣言」のニュースを観たときである。

小学生でユーチューバーとして活躍する彼は、「意図的に学校に行かない」のだそうだ。「世の中に、いろんな考え方があっていい」という、彼の主張に私は全面的に賛成だし、親御さんもそれを認めている以上、他人がとやかく言うことではないので、その是非を云々《うんぬん》するつもりはない。

ただ、彼の学校に行かない理由を聞いて、私は、ぶったまげてしまった。「答えが一つなのが気持ち悪い」「みんなが、先生の言うことに一斉にうなずくのが気持ち悪い」のだそうだ。

私は、まったく正反対の小学生だった。森羅万象に見えていたものが、ひとつの概念に統合され、抽象化されることが、めちゃくちゃ面白かったのである。

小学校一年生のときの国語の教科書を、私は今でもありありと思い出せる。教科書の表紙をめくると、女の子が手を上げて、口を開けているイラストが中央に描かれたページが現れる。右上に「はるみさん」、左下に「はい」と書いてあった。授業で先生が、このセリフを読み上げてくれたとき、私は、恍惚としてしまった。「はるみさん」の最初の音と、「はい」の最初の音は同じであること、それを「は」という記号で一元化できることが、私を興奮させたのだ。算数も、私を興奮させてくれた。チューリップもキャンディも女の子もブランコも、数にすれば同じように、足したり引いたりできる。

「答えが一つ」だから面白くて、しかたなかったのである。

その先に、物理学への傾倒があったのに違いない。この世のすべてを、たった一つの式で表そうとする、抽象化の極みの学問なのだから。

この世には、「抽象化」を面白がる脳と、「具象化」を面白がる脳があるようである。真実が一つのほうが気持ちいいという脳と、彩《いろどり》やバリエーションがあったほうが嬉しいという脳と。

この世に理系脳と呼ばれるものがあるのだとしたら、「抽象化を楽しめる脳」であることは間違いがない。そういう意味では、私は、生粋《きっすい》の理系脳である。

どちらがいいとか、悪いとかじゃない。きっと、人類には、どちらも必要なのだと思う。

何のために学校に行くのか

この二つの観点から言えば、世界の教育カリキュラムはよくできていると思う。

抽象化も具象化もほどよく学べるし、さまざまなものの見方＝ビュアーを提供してくれる。

私は、息子の小学校の入学式の日に、彼にこう告げた。「あなたはこれから、いろいろな教科を学ぶことになる。算数（これはやがて数学になるわ）、国語、理科、社会……そのすべては、この世の見方を学ぶことなの。いくつもの見方を学校は教えてくれる。やがて、そのうちの一つか二つで、人は世の中を見ていく。数学を選ぶ人もいるし、音楽を選ぶ人もいるでしょう。けど、小さいうちは、どれがその人に合うかわからないから、学校はすべてを教えてくれるの。ものの見方を豊かにすること。問題解決の仕方を知ること。勉強は、そのためにする」

誰かに勝つために、誰かに認められるために、誰かにほめられるために、勉強をするわけじゃない。ものの見方を広げるためなら、「理解しにくいこと」「苦手なこと」にこそ好奇心を発揮できるし、興味を持ったら、いくらでも立ち止まっていい。そう告げたくて。

そう考えると、あの小学生ユーチューバーの彼、小学生のうちに、「答えが一つ」を嫌って、抽象化のビュアーを手に入れることを止《や》めるのは、まだ早い気がする。私なんか、16歳で理系転向しているわけだし。私が親だったら、「まぁ、理解しにくいことも、学んでおけば？」とアドバイスするけどなぁ。

自閉症はダメですか？

最近、長らく原因不明と言われてきた自閉症の原因として、母体の血液栄養不足が指摘されているという。

たとえば、ビタミンＤは、全身の細胞内に存在し、神経伝達に寄与する栄養素だ。となれば、母親の血液中でそれが極端に不足していれば、胎児の神経系に変調をきたすことが予想される。今は、妊娠前に血液検査をすれば、基本的に不足している栄養素を知ることができ、妊娠までに整えることが可能だ。それは、もちろん、喜ばしい。

しかしながら、その情報を伝えてくれた人が、自閉症をこの世の罪悪のように語ったので、私には、なんだか、割り切れない思いが残った。

私は、自閉症スペクトラムである。

私は、その脳に人生をもらった。

「素数の匂い」とシャッターアイ

自分が自閉症スペクトラムであることに気づいたのは、『共感障害』という本を執筆するために、自閉症の勉強を重ねていたときのことだ。

講師を招いて勉強会を開いたり、自閉症カンファレンスに出席したりしているうちに、自分が自閉症スペクトラムであることに気づいたのである。判定テストは満点である。しかし、判定テストを受けずとも、自閉症の論文を読み進めていくと、私が幼いころから持っていた脳の特質のすべてが、そこにあった。

自閉症は、神経系の認知が過敏な脳なのである。

神経に触れる外部情報が多すぎて、情報がうまく取捨選択できない。だから、外界認知が適切に行われず、外界とうまく関われない。光が溢れ、音が溢れる。肌に触れられるのも、ぞわぞわする。その度合いが強いと、人と関われず、ことばも獲得できず、生活に支障をきたすことになる。それが、いわゆる重度の自閉症だ。

私は、普通に学校に行けたし、人ともなんとか関われたけれど、周囲で起こっていることをうまく把握できるようになったのは、おそらく14歳くらいからである。

昔は、素数には匂いがあった。たとえば、7は、小学生時代に愛用していた緑の絵の具の匂いがした。大きな、即座に素数とわからない数字を見ても、匂いがするから素数とわかった。また、黒板の板書や風景を写真に撮るように記憶して、後から記憶を引き出して「あ〜、こういうことが書いてあったのか」と発見することもできた。シャッターアイである。

ことばをしゃべるときに、口腔を抜けていく息の触感が、とても気になった。シャツの首のところについてるブランドタグが一日中気になってしかたない。首の狭まったシャツをかぶるのが怖くて、自分ではかぶれない。

過敏なだけじゃない。何かが気にかかってしまうと、全体性を見失って、脳が混乱してしまう「意識の固定」があった。これらの個性は、成長し、世間と折り合えるようになると、淡くなっていった。

しかし一方で、その認知過敏のおかげで、語感の正体を発見し、男女脳の違いを解明し、感性研究を拓《ひら》いてきたのである。

Autism（独自脳）もまた、人類のバリエーションの一つ

自閉症は、英語ではAutism（独自脳）である。ラテン語のAutosに由来する。オートメーション、オートドアなどに使われるオート（自動、独自）の語源である。自閉症でない脳は、Typical（典型脳）と呼ばれる。

自閉症は、心を閉じているわけじゃない。脳の認知が独特なだけだ。自閉症をAutismと呼ぶアメリカは、自閉症児にもおおらかだ。子ども番組「セサミストリート」のキャラクターとしても登場している。「返事をしない」「不思議なことをする」くらいでは排除しない。このため、独自の視点で、のびやかに活躍する人も多い。アメリカでは、Autism事業家の平均収入は、Typical事業家のそれよりも高いと言われているくらいだ。

一説によると、アフリカ（人類発祥の地）から離れれば離れるほど、人は不安を感じる傾向が強いのだそうだ。アフリカやアラブの人より南欧の人のほうが、南欧の人

より北欧の人のほうが。だからはるかに遠い日本人は、心配性で自閉的なのだと。それが真実ならば、「不安の強い人」ほど、未知の土地への適応力が高いということだろう。人類が宇宙へ出ていく21世紀、認知過敏の不安症＝自閉症スペクトラムたちの脳こそが、もしかすると、宇宙で生き残れるのかもしれない。自閉症は、人類のバリエーションの一つとして、必要なのではないだろうか。

自閉症の子が生まれてきませんように、と願う人がいるのもわかる。最先端の栄養学がそれを実現できることを心から祝福する。けれど、自閉症をまるで「あやまち」のように忌避するのもどうかと思う。Autism の脳にしか見えないものを完全否定してしまったら、人類は、いくつかの可能性を失ってしまうような気がする。

自分と違う言動をとってしまう人を排除しないで、「感性のバリエーションは頼もしい」と言える余裕。そんな社会であってほしい。

メンタルダウンしたら、カサンドラを疑え

カサンドラを知っていますか？

ギリシア神話に登場する、トロイの女王の名である。太陽神アポロンに愛されたカサンドラは、アポロンから予知能力を授かる。しかし、アポロンの愛を拒絶したので、「その予言を誰も信じない」という呪いをかけられてしまう。真の予知能力がありながら、その出力を封じられてしまうという恐ろしいストレス……！

私は、わずかだけど、カサンドラの気持ちがわかる。語感の正体が発音体感であることを発見したとき、私の発言は、私が「博士」でも「東大あるいはそれに準じた海外の超一流学府出身」でもないことを理由に、半ば罵倒されて封じられた。「東大や海外一流大学に、類似の研究はありますか？」と尋ねられて、「ないと思います。私

のオリジナルなので」と答えたとたんに、扉は閉ざされた。

　のちに、その発見を本に書いて、その本を読んだイギリスの言語学者が「それを発見したのは、東洋人の女なんかじゃない、ソクラテスである」と揶揄したことをきっかけに、逆に、私の発見は認められるようになったのである。

　くだんの言語学者からメールをもらったとき、私は図書館に走って、彼が指摘した「クラテュロス」という文献を開いた。そこには、ソクラテスが語った「ことば[*]の真実」について記されていたのである。ことばを発音するときに口の中で起こることと、そのことばで呼ばれる事象が一致したとき、その言明は最も美しい。ソクラテスは、そう宣言している。自分自身の発見がオリジナルでないと指摘されたけれど、私は、小躍りしたいほど嬉しかった。

　私は真理を知っている。なのに、私が発言することで、その真理が必要な人のもとへ届かない。「真理」に対して申し訳なく思っていたので。「ソクラテスの発言」と称することでそれが叶うのなら、それでかまわなかった。「……と、ソクラテスが言っています。プラトンの「クラテュロス」という文献の中で」と言うだけで、あんなに開かなかった門戸が開く。

それにしても、人は、いったい何を信用するのだろう。自らの発言を封じられたときより、ソクラテスの発言をあっさり信じる「一流といわれる人々」を見たときのほうが、私は心が折れそうになった。人類を信じられなくなって。

それでも、ソクラテスがいてくれてよかった。ソクラテスがいなかったら、私は今も〝カサンドラ〟でいたかもしれない。

＊正確にはオノマ。一般名称も固有名称も包含するワードなので「名前」と訳されることもある。

カサンドラ症候群

さて、その悲劇の女王の名をとった、カサンドラ症候群という状態がある。アスペルガー症候群のパートナーを持つ人に起こるストレス症状の総称で、慢性の強い疲労感、不眠などを経て、やがて片頭痛や、涙が止まらないなどの強いストレス反応を示すようになる。

アスペルガー症候群の人たちは、著しく共感力が低い。その傍にいる者たちは、共感してもらえないのである。共感してもらえない、心を尽くしたことに気づいてもらえない暮らしというのは、実はヒトの脳にとって、とてもとてもつらい。

ヒトの脳には、インタラクティブ（相互作用）特性がある。自分の言動が、他者に何らかの影響を及ぼすことで、自らの存在を確認するのである。もしも、この世の誰も、自分にうなずいてもくれず、微笑みかけてもくれず、語りかけもしてくれず、攻撃さえもしてこなかったら、自分がこの世に存在しているかどうか、危うくなってしまう。専業主婦で、夫の共感力が著しく低かったら、脳にとってはこれに似た暮らしになってしまうのである。

しかし、暴力をふるうわけでも、浮気をするわけでも、ギャンブルに狂うわけでもない、ルールをきちっと守る夫なので、世間から見たら、それほど問題があるようにも見えない。本人も周囲もアスペルガーだと自覚していないケースも多い。となると、妻の訴えは、「単なる甘え」や「しあわせな人の愚痴」として軽視され、やがて、自己肯定感を失い、自律神経のコントロールができなくなる。妻自身の病状（更年期障害やうつ）などと判断されて、向精神薬を飲まされてしまうことも少なくない。

わかってくれない、責めてくる

アスペルガー症候群は、発達障害の一種とされるが、日常生活に支障のあるような知的障害はない。ただひたすら共感力が低いのである。

人の話を聞くとき、通常は、無意識のうちに相手と呼吸を合わせ、うなずいたり、共鳴動作（一緒に首をかしげたり、手を動かしたり）をしてしまうもの。その所作が、話し手を安心させる。アスペルガー症候群の人にはこれが難しい。

人に共鳴できないので、人の思いや動線を察することができない。暗黙の了解が成り立たず、集団行動がスムーズにできず、「察して動く」ましてや「一を聞いて十を知る」は無理。このため、程度がひどければ、学習障害とみなされることもある。人間関係の距離感も測りにくく、いやに遠巻きにしているかと思えば、妙にずうずうしかったりする。

周囲から見れば「デリカシーのない人」なのだが、本人はそんな気は毛頭ない。それどころか、周囲の人々の気持ちや周りの状況がよくわからないので、けっこう神経質なのである。その表れが、ルールへの固執。周囲の変化についていけない以上、規範だけが頼りだからだ。

このため、一度決めたことを簡単に変えられないし、勝手にルールを破る人を許せない。「今日は雨がひどいから、ゴミ出しはパス」のような、生活者としては当たり前の例外処理に逆上することがある。また、前言撤回もなかなか承服できない。「イタリアンを食べたい」と言って家を出たのに、車の中で「やっぱり中華もいいかも」なんて言おうものなら、急に不機嫌になって「きみは、イタリアンって言ったよな」としつこく糾弾してくることも。

いずれも、彼の脳の中では、「世界観の壊れ」であり、軽いパニックを起こしているのだ。本人の脳内を慮《おもんぱか》れば、本当にかわいそうなことなのだが、妻や部下にしてみたらたまらない。なにせ、ねぎらってくれず、心を寄せてくれず、ちょっとした暮らしの例外処理に逆上したり、言質《げんち》をとって「きみはこう言った」と責めてくるのだから。

優秀な理系男子ほど、共感力低め設定

一方で、アスペルガー症候群の人たちは、周囲の気持ちにいちいち引きずられず、好奇心を貫き、尋常じゃない集中力を発揮できる。このため、理系の天才やトップアスリート、匠と呼ばれる人にも多いと言われる。私からしたら、優秀な理系男子の過半数が、アスペルガー傾向に思えるくらいだ。

アスペルガー症候群とはいかないまでも、これに準じた共感障害とルール固執を呈する男子はけっこう多いし、このタイプの脳がなければ、科学技術はちっとも前に進まない。周囲は、理解して愛してあげてほしい。愛や思いやりがないのではなく、共感障害があるだけだ。妻に捨てられたら、きっと静かに衰弱してしまう。意外にも妻が頼りの繊細な夫なのである。

カサンドラ症候群の一番の治療は、この事実を知ることだ。「自分が悪いのではない」「自分に存在価値がないのではない」と腹に落とすこと。自分がいたらなくて、夫に優しくしてもらえないのではなく、彼の愛や思いやりの欠如でもなく、脳の神経信号の傾向であると知ること。

上司たちのメンタルダウン

さて、そんな理系の天才を生み出してきたアスペルガー症候群とはまた別に、共感障害を呈する若者が、確実に増えている。

あなたのまわりに、「話を聞いてない、周りに興味がない。気が利かないうえに、頑固」な部下はいないだろうか。職場なら、周囲に敬遠される。本人にはまったく悪気はないので、傷ついて、「この部署は居心地が悪い。上司は理解してくれない、ちゃんと指導してくれない」と言い出す。

こういう部下を持つと、上司がカサンドラ症候群を呈してしまうことがある。なにせ、親切に指導してやっても、うなずきもしないのである。職場で、優秀なリーダーがメンタルダウンしたら、傍に「うなずけない部下」がいるかもしれない。病気と呼ぶ前に、カサンドラ症候群を疑うべきである。

共感障害——若者たちに密かに起こっていること

ここ数年、新卒新人たちの様相が変わってきたという報告を受ける。「反応が薄い」というのだ。

新人教育を施したとき、会場全体がしら〜っとしている。あれは心が折れる、というつぶやきを耳にするようになった。

話を聞いているのかどうかわからないので、「聞いてるの?」と尋ねると、きょとんとしている。指導をしてくれている先輩に何も言わずに、さらに上の上司や人事部門に「誰も仕事を教えてくれないのに、いきなり、なんでやらないのかと叱られる」とパワハラを訴えてくる。

実は、こういう子たちは、性格が悪いのでも、躾が悪いのでもない。ましてや、ゆとり教育のせいでもない。脳の生理的な共鳴反応が弱いのである。

赤ちゃんの「微笑み返し」はコミュニケーションの基礎

コミュニケーションにおける共鳴反応は、ヒトの脳の基本機能の一つだ。

私たちの脳には、「他者の表情や所作を、自らの神経系に、鏡に映すように直接写し取る反射機能」が搭載されている。ミラーニューロン（鏡の脳細胞）と呼ばれる神経細胞がそれを可能にしている。

赤ちゃんは、目の前の人の発音動作を写し取ることで、ことばを獲得する。抱いてくれている人の腹筋や横隔膜の動き、胸郭への共鳴、息の風圧も重要な情報だ。つまり、母語（人生最初の言語）の獲得には、聴覚にもまして、視覚や触覚を使うのである。

加えて、「微笑み返す」「手を振り返す」など、動作を連動させることで、コミュニケーション力を身につけていく。対話能力は、ミラーニューロンによってもたらされているといっても過言ではない。

めにも使われる。

ラジオ体操を真似できるのも、「腕を上げながら、上体をそらし、脚を広げる」といった一連の動作を、脳がまるっと受け止めるからだ。腕はこう、脚はこう……幼い日に、そんなふうに覚えた人はいないはずだ。

ラジオ体操が覚えられない子どもたち

実は、企業で「新人の反応が薄い」と言われだす10年以上前から、小学校では「ラジオ体操ができない子」が出現し、ラジオ体操を覚えるのが宿題になったりしていた。ラジオ体操なんて、目の前の見本を真似しているうちに、なんとなく身につくものだったはずなのに。ちなみに、同じころ、「一年生の反応が薄い」というのも、教育現場の話題になったそうである。

どうも、ある年代の子どもたちから、ミラーニューロンのもたらす共鳴反応が弱くなっているようなのだ。

脳が、他者の所作をモジュール化できないと、ラジオ体操ができないのと同様に、「先輩の背中を見て学ぶ」こともかなわない。

「会議が終わって、先輩が汚れたカップを片付けている」のを認知できないから、「僕がやります」が言えない。網膜には映っているものの、車窓の風景のように流れているだけなのである。

かくして、共鳴反応の弱い、うなずかない若者たちは、「話聞いてるの？」「やる気あるの？」「なんで、やらないの？」と言われることになる。

上司がバカに見える？

しかしながら、言われた本人には自覚がないので、威嚇されたと感じる。答えようのない質問をしてくる「愚かな上司」に、パワハラを受けていると勘違いしてしまうのである。

実際に、共鳴反応の弱い若者にインタビューしていて、「うちの上司は、はっきり言ってバカなんです」と言われたことがある。――「なにかというと「やる気あるのか」と言ってくる。そんな証明しようのない質問、してくるなんて時間の無駄じゃないですか？　そもそも、やる気があるから、通勤電車に乗って、会社に来てるんだから」

やる気がないように見える、あなたが悪いのでは？　私はそう思ったけど、口には出さなかった。言ったところで、埒があかない。この世に、「共鳴動作」という「通信プロトコル」があることを知らない人は、そう簡単には納得させられない。というわけで、私は、こういう若者のために『共感障害』という本を書いたのである。

職場の死語

この事態は、双方にとって不幸だ。どちらも傷つき、接点が見つからずにボロボロになってしまう。

これからは、未来永劫に、「話聞いてるの？」「やる気あるの？」「なんで、やらないの？」は、職場の死語と心得よう。言っても埒があかないどころか、事態を膠着《こうちゃく》させてしまう危険ワードだ。

うなずけない部下には、こう教えてあげよう。「聞いてるの？」「やる気あるの？」と聞かれたら、即座に「聞いてます（あります）。そう見えなかったら、申し訳ありません」とあやまりなさい、と。「なぜ、そんな当たり前のこと聞いてくるんだろう」と、きょとんとしている場合じゃない。

さらに、「なんで、やらないの？」には、「気が利かなくて、すみません。どうすればいいか、教えてください」と言えばいい。「誰も教えてくれなかった」なんて、言い訳にもならない。本来なら、誰に言われなくてもすべきことに、気づかなかったのだから。

人間関係なんて、ことば一つでどうにでもなる。ことば一つで人生を拓くこともできるし、ことば一つで人間関係を壊し、大切な人の心さえも壊してしまうこともある。大人は、他者のためにことばを紡ぐべきだ。自分の感情を垂れ流しにするのではなく。

治せないが、利点はある

ミラーニューロン効果は、ことばや所作の基本を獲得する赤ちゃん期に最大に働き、

3歳ごろに激減し、その後もおそらく8歳、12歳と段階を踏んで度合いを減らして大人になる。赤ちゃんのように、周囲のあらゆることに脳が共鳴していたら、自分の思考や行動がキープできないし、危険から身を守れないからだ。

ならば、共感力が一般平均より低いということは、未発達ではなく、ミラーニューロンを捨てすぎてしまった結果と考えたほうがいい。捨ててしまった能力なら、大人になってから手にすることは、残念ながら不可能に近い。

とはいえ、共感力の低い脳には利点もある。周囲の思惑に惑わされないので、信じたことに一途に邁進《まいしん》できる。科学者や匠の中には、このタイプもけっこういるはずである。心臓の強いビジネスパーソンになれたりもする。

部下や自分が共感障害だとわかっても、落ち込む必要はない。コミュニケーションの方法を工夫し、脳の特性を活《い》かしてやればいいだけだ。

ふれあい体験が共感力を創る

さて、では、子どもたちの脳は、いったいどうやって、ミラーニューロンの取捨選択をしているのだろうか。

それは、とりもなおさず、「体験」である。脳は、体験（入力と出力の組合せ）で回路を書き換える〝装置〟だからだ。笑顔に笑顔を返して、心を通わせる。目と目を優しく合わせる、うなずき合う、そんな体験が度重なれば、それらの機能は残される。

3歳までが最初の勝負だとすると、それまでに、どれだけ共鳴体験があったのかが、共感力の質と高さを決めるはずである。すなわち、母親をはじめとする保育者と、どれだけ関わったかによって、残されるミラーニューロン反応の度合いが決まる。

昔から、大人たちが赤ちゃんにしてきた「いないいないばぁ」や「ちょちちょち、あわわ」などの手遊びは、ミラーニューロンを適正化する大事なエクササイズだったといえよう。真似する赤ちゃんがかわいくて、やらずにはいられないだけどね。

スマホ授乳はほどほどに

そして、手遊びよりも重要なのが授乳時間である。

赤ちゃんが、口腔周辺の筋肉を、微細かつ全方位に使っているため、発話に関わるミラーニューロンも活性化している。親と子が目と目を合わせ、微笑み合ったり話しかけられたりする、大事な「共鳴体験時間」なのではないだろうか。

1997年、携帯メールサービスが開始してから、携帯画面を見ながら授乳するママが増えた。共感力低め世代がこれ以降に生まれた赤ちゃんたちなので、まったくの無関係ではないような気がする。片時も本を手放せない私には、若いママたちのSNSを覗きたい気持ちはよくわかる。私にだって、ミステリーの先が気になって、本を読みながら授乳した日はあったもの。でも、やはり、ほどほどにしておいたほうがいい。

「そっぽを向くスマホ授乳」に関しては、小児歯科の先生たちも警告を発している。母親がそっぽを向いていると、乳首を真正面からくわえられないので、顎と歯の発達が左右均等にならないのだそうだ。

また、子ども同士の触れ合い（所作の見せ合い、コミュニケーション体験）が大事な時期に、リアル遊びよりもゲームに夢中になるのも、子どもたちの共感力に何か影響を及ぼしているのかもしれない。しかも、ウィズコロナの今、子どもたちのリアルな触れ合いは、社会的にも、そのチャンスが減じている。

やはり、脳にとってのリアル・コミュニケーションの重要性を、いま一度、大人たちが肝に銘じておいたほうがいい。

進化とみるか、憂いとすべきか

脳の共鳴体験の少なさ、ひいては共感力の低さ。

それが、ＳＮＳやゲームに起因するのだとしたら、「反応の薄い若者」の急増もさもありなん。そして、さらに数が増えていくことになる。

私は、実のところ、「反応の薄い人類」について、是非する気はない。それが社会の趨勢《すうせい》というのなら、社会全体が低めの共感力に慣れてくるだろう。やがて、それは標準になり、私たちの世代は「うなずきすぎて、ウザイ」世代になっていくのかもしれない。

とはいえ。

先日、あるベテラン助産師さんからメールをいただいた。

——赤ちゃんがお母さんの眼をじっと見つめ、時々微笑みながら美味しそうに母乳を飲んでいる姿は、傍で見ている私たちの心も癒してくれます。けれども、数年前から当院にお見えになる方々の授乳の様子を見ていますと、「お母さんと赤ちゃんの目と目が合わない」方が増えたように思い、気になっておりました。お母さんと赤ちゃんがそれぞれ別々のところを見ながら授乳している姿は、何とも寂しいものです。私が助産院を開設したころ（三十数年前）には見かけなかった光景です。

その文章を読んで私は、小学校の先生や、若手社員に困惑する上司たちの悩みの根源を見たような気がした。

そして、それを社会の趨勢なんて言ってはいられないという気持ちも湧きあがってきた。

科学技術の発達は、ときに思いもよらないものを人類から奪ってしまう。もっともっと、家族は見つめ合おう、友は触れ合おう。ミラーニューロンを捨てるな、である。

第4章

この世の不機嫌にメスを入れる

丸暗記も無駄じゃない

日本の教育が「知識を身につける」から「知識を使う力を育てる」方針に変わるそうである。

知識ならインターネットでいくらでも簡単に入手できる時代。単に知っていることには、あまり意味がない。知識の使い方が大事というわけだ。

具体的には、命題を与えて、子どもたちに自ら考えさせる。結果を評価するのではなく、アプローチの手法を評価するようになるらしい。たとえば、「ひょうたんはなぜ、こんなかたちをしているのか」と子どもたちに問う。教科書的な正解は「気象などの諸条件によって生長の度合いが違うからくびれる」なのだそうだが、「持ちやすいから〜」みたいな発想も公平に評価するのだという。

「持ちやすいから」には、たしかに一理ある。多くの果実が甘く芳香を放つのは、動物に食べてもらって、種を遠くまで運んでもらうためだ。甘い果肉の代わりに、持ちやすさで進化した実があったっていい。あるいは、人が道具として使うために、くびれの強いひょうたんの種を残したあげくの、いわば品種改良の結果といえるのかもしれない。ならば、「持ちやすさ」こそが、ひょうたんがくびれた理由なのだろう。こういう無邪気な発想を大切にしてこそ、未来のイノベーションが叶うというわけだ。いい時代になったものである。

しかし、へそ曲がりな私は、「待てよ」と思えてならない。これは「学校教育」の範囲なの？　こんなことを押しつけられたら、現場の先生はたまらないのでは。「持ちやすいから〜」のような無邪気な回答を容認して、よしんば肯定してやるには、先生の側にも知恵とテクニックが要る。予想もつかない回答への柔軟な対応なので、指導要領には到底まとめきれないし。

今朝のワイドショーでは、「50万人が受けるセンター試験のマークシートをすべて記述式にするには、採点の人手が足りず、時間が足りない。しかし、やらなければならない」と言っていた。

　またまた、極端なんだから～、と、私はテレビに突っ込みを入れずにはいられない。だって、学びには「鵜《う》呑《の》みにして、ひたすら覚えなければならないフェーズ」も当然ある。

歴史を知っていると、映画も2倍楽しい

　歴史の年表なんて覚えなくたっていい、というのは嘘だ。たとえば、イタリア人の友人にイタリアの歴史について聞いたとき、同時期に日本で起こったことや、その時代のヨーロッパ全体の雰囲気（宗教のせめぎあいや民主主義やファシズムの流れ）に思いをはせて、しみじみすることがある。そういう思いの展開が、国際理解を生み、映画や小説を楽しむセンスを生む教養のひとつであることは間違いがない。

　大学生だった息子と「レ・ミゼラブル」を観たときのこと。息子が「あれ？　この市民決起は、フランス革命とは違うの？　時代がずれてるね」と言い出した。調べてみると、「レ・ミゼラブル」の時代は、バスチーユ牢獄襲撃（1789年）から約30年後。フランスは、バスチーユ牢獄襲撃で「完全な自由」を手にしたわけじゃなく、幾度もの市民決起と流血を経て、今の共和政を作ったのだった。

政治的弾圧と戦い、貧困を作り出すブルジョワジーの傲慢と戦う。劇中で歌われる歌詞の中の「かつて自由のために戦った。今はパンのために戦っている」という切ないフレーズも、いっそう胸にしみる。

フランス人のこだわる「自由」が、私が想像する「自由」よりもずっと過激なのも（フランスは2004年、イスラム女性たちの解放のために、公立学校でのヒジャーブ＝スカーフを禁止した。このためパリ大学を退学になった女子学生もいた。スカーフを被る自由もあるだろうに、と、私は思ったのだが）、おびただしい「血と誇り」の上に打ち立てた自由だと思えば、その感覚の違いも理解できるような気がする。

そんなふうに「レ・ミゼラブル」を味わうことができたのも、私より少しだけ歴史が得意な息子の「あれ？」のおかげだった。

勉強しておくと、教養ある大人の会話も楽しめる

勉強の出来不出来で人を評価する気はさらさらないが、歴史や地理や理科の暗記フェーズは、やっぱり馬鹿にはできない。教養ある大人たちの深い会話についていけず、つるんとした顔でおいてけぼりになる人を何人も見てきたし、私自身がそうなったと自覚したこともたくさんある。自覚なしで、そうなってきたことも、きっと山ほどあるのだろう。

世界観を把握するためには、それが歴史であろうと、数学や物理学の世界であろうと、やはり最初にある程度の暗記や鵜呑みは、必要不可欠である。そういうデータが、思考の座標軸を立て、次の展開を生むトリガーになるからだ。

何につけ極端になりがちなこの国が、今度は暗記軽視に偏らないようになってほしい。現在の受験勉強だって、そんなに悪くないと思えてならない。

人間に残される、最後の仕事

人工知能は人間を超えるのか。

この質問は、ここ数年、人類のトラウマのようだ。

2016年3月、世界最強クラスと言われた韓国の囲碁棋士に、Google DeepMind社が開発した囲碁AI＝アルファ碁が勝利した。「とうとう、人工知能が人類を超えた！」、そんな衝撃的なニュースが世界中に駆け巡って、世界を巻き込む人工知能シンドロームが始まった。世にいう第三次人工知能ブームである。

今回はしかし、ブームではなかった。世界は人工知能の時代に本格突入したのである。現在、人工知能の活躍は、さまざま報告されるようになっている。

人々は、私に訴える。「人工知能にできないことはあるはずだ。人工知能は、けっして人間を超えない。そうでしょう?」と。

AIは人間を超えるのか?

しかし、「人工知能は人間を超えるのか」に対しては、私の答えはクールだ。

むろん、人工知能は、人間を超える。むしろ、超えないと意味はない。

医療の現場では、今、惜しみなく、人類の成果がAIに注がれ始めている。AIは、パターン学習が大得意だ。画像やバイタルデータのようなパターン化できる入力に、わかりやすい判定を返す「分析」は、AIの適正フィールド。過去の分析事例を学習させれば、AIは、人間の分析エキスパートのように的確な判断を下してくれるようになる。しかも、早い。人間が2週間かかる分析を、ものの10分で済ませてしまう。がんの遺伝子変異を見つけ出すAIにおいては、人間が見逃した症例を発見し、人間の新たな治療法を示唆するまでに至っている。


AIの分析力は、複数の優秀なエキスパートの総合力としての分析力である。「一人の人間」の能力を超えるのは間違いがない。しかも、24時間働けて、気分にむらがなく、見逃しがない。その上、ＡＩは、日夜増え続ける論文を、飽きることなく学習し続けている。人間がこんなＡＩに勝てるわけがない。勝つ必要もない。医療分析ＡＩが公開されれば、世界中の医療施設が、最高峰の分析をものの数分で受けられるようになるのだから。

機械が人間を超えることに対して、そんなに憂えることはないと私は思う。「力持ち」ということでいえば、ブルドーザーは人間を超えている。ブルドーザーと力比べすることになんら意味はない。

しかしながら、現在のＡＩは、「人間の成果」を与えられて、それをこなすのみである。「細胞を増殖させて、臓器を作る」なんてアイデアは、まだ思いつけないだろう。しかし、そんなアイデア、人類だって、思いつけるのは1億人に1人とかなのでは？　ＡＩは、たいていの人間の想像力や読解力は、軽々と超えてくる。

しあわせになる権利は人間に残る

先日、「人工知能は、想像力を持ちえますか？」と質問された。「はい、おそらく、ぼ〜っと生きている人間よりははるかに」と私は答えた。「想像力まで人工知能に取って代わられたら、人間には何も残りませんね」と悔しそうな顔をなさったので、「人間には、しあわせになる権利が残ります。人工知能は、想像力を発揮して、至高の芸術作品を作ったり、一流シェフ並みの創作料理を作るようになる。ただ、素晴らしい成果を作り上げても、それを美しいと思ったり、美味しいと思ったり、気持ちいいと思ったりはできない。幸福になる機能を持ちません。なにがあっても、しあわせになる権利だけは人類に残ります」とお話しした。「しあわせになることこそが、人類に残される最後の仕事になるかもしれませんね」と。

人工知能は、自らの出力を判断する感性を持たない。それが「合ってる」のか「合っていない」のかは、人間だけが知ることだ。人工知能は、自らの出力によって、人がしあわせになることで、自らの正しさを測るしかない。

「人間らしく生きる」が仕事になる時代

となると、しあわせ上手なセンスのいい人間と暮らした人工知能は、「人がしあわせになるすべ」を知っている人工知能ということになる。「○○さんと一緒に暮らした人工知能」に付加価値がつく時代がくるはずである。

数々のミステリー作家と共に暮らした人工知能と一緒に暮らすと、憧れのミステリーが書けるかもしれない（アガサ・クリスティのようなミステリー作家が私の憧れ）。スレンダーなモデルと一緒に暮らした人工知能と暮らすと、憧れのボディが手に入るかもしれない。プロフェッショナルの領域なんか、まさにそう。技の匠と共にいた人工知能が、奥義を伝えていく日もくるだろう。

しあわせになる。この機能が人間だけにある限り、あらゆる知性で人工知能が人類を超えても、人類の存在意義は揺るがない。ＡＩは、どんなに「頭」がよくても、しょせん道具にしかすぎないのである。

人間らしく生きる。人類に残された究極の仕事である。

「時代の飢餓感」に感応するセンス

時代の飢餓感にボールを当てて、ああ、それそれと言わせる。
作詞家・阿久悠が残したことばである。

「「言われてみてはじめてわかりました」とか、「わたしも実はそうだったのよ」という、死角に入っていた心のうめき、寒さ、これがつまり時代の飢餓感です。（中略）この見えない飢餓にボールをぶっつけて、ああ、それそれといわせるのが歌なんですよ」（『作詞入門』岩波現代文庫）

歌で時代をつづるとするなら、阿久悠の曲を抜きにしては語れない。それほど、時代の真ん中にこの人はいつづけた。「津軽海峡冬景色」（石川さゆり）も「勝手にしやがれ」（沢田研二）も「気まぐれヴィーナス」（桜田淳子）も「ペッパー警部」「渚のシンドバッド」（ピンク・レディー）も、「宇宙戦艦ヤマト」（ささきいさお）だって、阿久悠作品である。

ヒット商品を生み出すコツ

この阿久悠のことばに、洗濯物をたたみながら観ていたテレビ番組で出会って、私は胸を打たれ、しばし手を止めて、ぼうっとしてしまった。これは、すべての表現に言えるのではないだろうか。映画、アート、著作、そして製品開発にも。

人々がまだ気づいていない「時代の飢餓感」に気づいて、商品にする。たとえば、人が眠れない時代に、「上質の眠り」に導く商品を作って、「これを使ってみて、今まで眠りの質が悪かったのが、あらためてわかりました」と市場を感動させる。こういう商品が、きっとヒット商品になっていくのだろう。だとしたら、ヒット商品を生み出すコツは、「時代の飢餓感」に感応するセンスなのかもしれない。

脳は、認知回路にない感覚は、見えないし、聞こえない。「時代の飢餓感」を感知する脳は、「心のうめき、寒さ」を知っていなければならない。「恵まれた家に、美形の秀才として生まれ、健康で痛みを知らず、何をやってもうまくいって、ちやほやされて育ちました」なんていう育ち方をしたら、時代の飢餓感にボールを当てることはできない。

私は、「枕に頭をつけるのと寝入るのと、どっちが先か」と言われるくらいに寝つきがいいので、眠りに導く商品に関しては、まったく勘が働かない。私が自発的に、そのニーズに気づく日はないだろう。

「一分一秒」へのこだわり

一方で、働くお母さんを28年やってきた。子どもを育てながら、仕事をし、家事もする。「生活時間の1秒」が、どんなに大事か痛いほど知っている。

となると、「生活動線の1ミリ、1秒を削り出し、家事の負担を最小にする家」のアイデアがするすると出てくる。2019年、住宅会社のコンサルタントとしてそのテーマに挑み、住宅関連のメディア関係者をして「今までにない家」と言わしめた新スタイル住宅を発案し、働きながら子育てする女性たちに、「ああ、それそれ」と言わせることができたのである。

たとえば、大容量のウォークスルークロゼット（通り抜けできる衣裳部屋）と、脱衣場を隣接させる。クロゼットには、家族の日ごろの衣類をすべて収納できる。家族は、帰宅するとクロゼットを通り、自ら洗濯物を携えて脱衣場に抜ける。リビングに上着や靴下が脱ぎっぱなしになることは「ありえない」のである。

脱衣場は、乾燥室になる。夜洗った洗濯物をハンガードライして、朝には乾いてしまう。それを、隣のクロゼットに移すだけで洗濯は終了だ。洗濯時間は、洗濯機から出して干す数分のみ。ハンガーのまましまうだけなら、取りこみにかかる時間は、ものの数秒である（詳しくは、「ナイス株式会社　DIWKS PARFAIT（デュークスパフェ）」でネット検索してみてください）。

１階の洗濯機から２階のベランダへ、日に何度も行き来して干して取り込み、たたんで各部屋のタンスにしまう家事時間から解放される。脱ぎっぱなしの洗濯物を拾って歩く時間も算入すると、「痛いほど大事な1秒」が1200秒ほど作りだせる。

AIには「愛」がない

人工知能に何ができるのか。最近、よく尋ねられる質問である。人工知能にも「発想」はできる。膨大な情報をマイニングして、時代のニーズを探し出すこともできる。たとえば、「働くお母さんのニーズ」というテーマを与えれば、「時短」というキーワードをピックアップするくらいは簡単にできる。

ただ、人工知能には痛みがわからないのである。「ママ、傍にいて」と泣く息子を、心を鬼にして置き去りにして、号泣しながら電車に乗ったりしない。この心の痛みがなければ、「洗濯物の取り込み時間数秒」の発想までに至らなかったと断言できる。

人工知能には、痛みがない。他者の心の痛みに共鳴して寄り添う機能、すなわち、愛がない。愛があるふりはできても、「時代の飢餓感にボールをぶつける」ことはできない。真の創造は、痛みと共にある。だとするならば、人工知能、恐るるに足らず、である。

いいかげんのススメ

最近、比較的若い女性の間で、骨粗しょう症が増えているという。原因は、紫外線対策である。

骨形成に寄与する重要な栄養素＝ビタミンDは、日光に当たることによって体内に生合成される。食品からも摂取できるが、比較的含有量が少なく、口からだけでは十分にとることが難しい。

とはいえ、この日光浴、一日数分でもいいと言われており、「生活日焼け」で自然と事足りる。要は、こんな「うっかり日焼け」もしないで、徹底して紫外線をカットする真面目な人が危ないのである。骨の新陳代謝が正常に行われず、骨粗しょう症を引き起こしてしまう可能性があるのだ。

あるテレビ番組では、30代の若さで、骨粗しょう症に起因する脊柱《せきちゅう》軟骨の圧迫骨折によって7センチも身長が縮んでしまった女性のケースを扱っていた。何年にもわたって、慎重に日に当たらないように暮らしてきたという。部屋ではカーテンを閉め、外出時には、日焼け止めクリームに、黒い長手袋、黒いフェイスシールドのついたサンバイザーをつけて。すべて、美肌のためだったという。

何かを徹底して排除することのリスク

そういえば、数年ほど前だろうか、くる病の復活が話題になった。この病気、ビタミンDの不足で、幼子の足が湾曲してしまうのである。昔は栄養不足によって引き起こされたが、現代では、「徹底して日に当てない赤ちゃん」（日光浴はしても、日焼け止めクリームにサングラスの赤ちゃんも含む）に起こりうる。昭和40年代に消えたとされる病気なので、多くの医者が見たことがないために、発見が遅れる可能性がある、とニュースで警告されていた。

「日焼けは肌に悪い」という知識のおかげで、日光を恐れすぎて、骨形成の異常を引き起こしてしまう。肌がキレイなら、脚や背中が曲がってもいいのだろうか。いや、そんなつもりはないはずである。

昔から、子どもの日光浴は、子育ての基本だった。緯度が高くて、冬の日照時間の短いヨーロッパでは、こぞって日光浴をする。人類が、ずっとしてきたことには、それなりの意味がある。何かを徹底して止《や》めてしまうことに危険がないのかどうか、人は一度、立ち止まって考えたほうがいい。

コレステロールが悪者と言われれば、真面目な日本人はコレステロール0を目指し邁進《まいしん》する。卵も目の敵にされる。しかし、コレステロールは、脳の神経信号を守る大事な栄養素で、脳みその3割はコレステロールでできているのである。低コレステロール症では、やる気や好奇心、集中力が薄れて、不登校やうつ、認知症を誘発する可能性がある。

生真面目《きまじめ》な日本人と、「情報過多社会」は、相性が良すぎて、私は心配になってしまう。いいかげんなところで、止まれないことがあるから。

除菌生活の功罪

昨日、NHKの朝の番組で、「子どもがコロナに怯えて、散歩にも行かなくなってしまった」と発言した主婦の方がいらした。この方は、「緊急事態宣言が解除されても、当然、除菌は徹底している」と語った。娘が学校から帰ったら、手洗い、うがいはもとより、ランドセルから鉛筆一本一本まで、すべて消毒するという徹底ぶり。これをひたすら続けていたら、娘が、「死にたくない」と怯え、散歩にも行けない事態に陥ってしまった、というのだ。ひたすら手を洗い続けてしまう子どものケースも報告されていた。

私だって、一人も新型コロナウイルスで死んでほしくなんかない。けれど、こんな除菌生活を続けていたら、子どもたちはストレスで追い詰められてしまう。本来かかっておくべき病気にもかかれない。

おたふくかぜをもらいに行く

私は、息子が幼いとき、かかりつけの小児科医に、子どもは12歳までに100回風邪をひき、さまざまな免疫を手に入れる、と教わった。保育園に預けたら、最初は病気のオンパレードだけど、結果強くなるから、お母さんはタフな気持ちでいてね、と。

この先生は、おたふくかぜのワクチンも奨めないとおっしゃった。なぜなら、実際にかかったほうが、免疫が盤石だから。「今のワクチンは、へたすれば12〜13年しか持たない。男の子は、思春期以降におたふくかぜにかかると睾丸炎を併発し、無精子症になることがあるので、ワクチンはかえって仇《あだ》になる。保育園で、自然にかかってらっしゃい。10歳までにかからなかったら、ワクチン打ってあげる」と。

そう言えば、昔は、誰かがおたふくかぜにかかると、未罹患の男の子は、「おたふくかぜをもらってらっしゃい」と言われて、その家に遊びに行ったものである。


棲み分けもありでは？


もちろん、新型コロナウイルスを、おたふくかぜと一緒にはできないが、そろそろ、ちょっと立ち止まって考えてみてもいいのでは。

自然に人と触れ合って、自然に手にする免疫抗体がある。無菌空間で育つと、生物の免疫システムが正常に働かないとも言われる。攻撃すべき悪者がある程度存在しないと、生体は、攻撃の仕方をマスターできないのである。

新型コロナウイルスを恐れるばかりに、人類無菌化生活。それでいいのか……?

本来なら喜ぶべき子どもたちの「無症状の自然感染」を、まるで邪悪なことのように戒め、子どもたちを追い詰めていく社会。私たちは、そろそろ、どこまでやるべきか考慮しなければいけないのではないだろうか。

たとえば、高齢者など感染を心配する人が暮らす「徹底除菌地区」を設けて、それ以外の地域では、もう少しおおらかに暮らすとか。なんとか工夫ができないものだろうか。

千本目のバラ――ＡＩに人生を奪われてはいけない

先日、とあるカンファレンスのパネルディスカッションに、パネラーとして参加させていただいた。「ＡＩとＩｏＴが拓《ひら》く近未来を考える」というテーマである。その冒頭に、オーストラリアの男性アーティストが作ったという「ＡＩ（人工知能）と暮らす近未来」を描いたショートムービーが流された。主催企業がイメージをする近未来を、ドラマ仕立てで表現したものだという。

60代と思《おぼ》しき男性が主人公である。事故に遭って昏睡状態に陥り、目が覚めたら10年後という設定。彼の目から見た、人々が当たり前のようにＡＩと暮らす近未来が描かれている。「浦島太郎」状態の彼だが、あまり困りはしない。召使いＡＩが、名前を呼ぶと三次元画像で現れ（アラジンのランプの魔人のように）、何にでも応えてくれるからだ。

花束を喜ばない確率？

ある日、主人公の男性は、10年間見守ってくれていた娘に花束を贈ろうとして、AIに「花屋に電話をしてくれ」と頼むのだが、AIにたしなめられる。曰《いわ》く、「女性がサプライズを喜ぶ可能性は75％以上ですが、彼女が花束を喜ばない可能性は90％です」

主人公が「なぜ？」と尋ねると、「プライバシーを侵害するので」と拒む。まるで彼女に何か男性がらみのトラウマがあって、花束は彼女に悲しい思いをさせる……ということを匂わせるかのように。

主人公の男性が花を贈るのを諦めてがっかりしていると、AIは「あ、こんな写真を見つけました」と、何十年も前に、幼い娘と写ったビーチの写真を出してくる。男性は満面の笑みで「では、航空会社に電話してくれたまえ」と言い、AIが「このビーチに誘うのですね。いい選択です」なんて言って、このドラマは終わるのである。

はぁ？　私はステージ上で、あきれ果ててしまった。40近い娘が、70近い父親とビーチに行って、何が嬉しいのだろうか。なんという、余計なおせっかい！

司会者に、「どう思われますか？」と尋ねられて、私は、思わず「うざすぎる。これこそが、ＡＩが最も行ってはいけない道」と発言してしまった。主催者にはたいへん申し訳なかったが、感性を専門領域とするＡＩ研究者として、これは言わねばならなかった。

だって――女というのは、９９９人の男に花束をもらって心を動かさなくても、たった一人の男のそれを一生忘れられないくらいに嬉しがる生き物なのだもの。確率なんて、まったく意味をなさない。このＡＩは、女心を教えてもらえなかったの？

人生の奇跡は、痛みの中にある

たとえば、娘さんのこの花束トラウマ、もしかすると父親が原因かもしれない。小さいとき、バレエの発表会で、他の子はパパから花束をもらっていたのに、自分はもらえなかったとか、姉は誕生日にバラの花束をもらったけど、彼女にはなかったとか。

その心の傷に、成人してからの失恋の思い出が重なって、彼女の「花束嫌い」を生み出したのかも。

だとしたら、ここで父親が花束を贈ることは、人生の奇跡を生んだかもしれないのだ。父親が、彼女の「千人にひとり」だったビンゴ！　彼は、危険を冒さないことを選んで、人生の奇跡に出会うチャンスをひとつ逃してしまったことになる。

そんな昔の心の傷を、人はことばにしないので、AIには気づきようがない。父親にしてみても、花束を贈らなかったことにさして理由がなければ（バレエの発表会に仕事先から駆けつけた、姉の誕生日はバラのシーズンだが、妹のそれは違ったとか）、記憶にさえない。人が想起さえしないことに、AIは気づけない。AIで危険回避していたら、人生の奇跡には、けっして出会えないのである。

たとえ、トラウマの原因が他の男にあって、父親が「千人にひとり」じゃなくても、一向にかまわない。花束を贈られた娘が不機嫌になって、「余計なことしなくていい」と怒鳴ってくれたら、それもまたおつなもの。10年ぶりの父娘関係の再開で、なんとなく他人行儀だったふたりの心の距離が縮まる可能性が高い。彼女が暗い顔をしたら、一緒に酒を飲んでもいい。10年の間に、彼女を悲しませたことについて、問わず語りに聞いてあげたらいい。

心の絆なんて、こういう「傷」があって、はじめて紡げるものだ。絆（きずな）の中には、「きず」がある。人生の奇跡は、痛い思いの傍にある。男たちは、危険覚悟で、花束を贈り続けなければならない。

確率論は、「今季、バラを何本生産しようか」という企業側の目論見には役に立つ。しかし、ひとりひとりの女性の気持ちは「やってみなければわからない」のである。しかも、人生の奇跡は千に一つ。９９９の〝裏目〟と共にある。

「安全」と「安心」は違う

ＡＩが寄り添うべきなのは、個人であって、全体じゃない。人に寄り添うために作られたＡＩは、人生のドラマは「安全」の中には起こらないことを知るべきだ。ショートムービーのＡＩがすべきだったのは、確率論をこざかしく語るのではなく、「彼女は、花束に悲しい思い出があるようです。でも、次の花束が、彼女の心の氷を解かすかもしれませんね」だったはず。

商品のキャッチコピーを考案する際に、「安全」と「安心」は何が違うのか、という命題が投げかけられることがある。

「安全」は、客観性や数値によって担保される〝全体〟の安寧。「安心」は、個々に寄り添って作られる〝心〟の安寧。ユーザがどちらを欲しているかを見極めることが、重要だと私は答える。

「安全な人生」と、「人生の安心」は別物だ。

ＡＩは、システムに潜在して安全を守る使命があるが、人に寄り添うときに、同じやり方を踏襲してはいけない。人類が、うっかり、「安全だが、味もそっけもない病院食」みたいな人生を送らないために。

人に寄り添うＡＩの掟

命は守ってほしい、暮らしは楽にしてくれていい、でも、人生は放っておきなさい。

私の、ＡＩ開発への信条である。

でも、この信条、すっきり英訳するのは難しい。「命」も「暮らし」も「人生」も、すべてLifeだからだ。

私は、この三つを区別しない言語の使い手たちには、本当の意味でのＡＩの感性デザインは難しいのではないかと疑っている。私をあきれさせたくだんのムービーも、英語のお国の人が作った英語のドラマだった。

ショートムービーの予言通り、10年後には、人に寄り添うＡＩが、ランプの魔人のように、どこにでも現れ、何でもしてくれるようになるだろう。しかし、そのＡＩと共に暮らす人生が、豊かなのか、味気ないのか。そのカギを握っているのは、「命」「暮らし」「人生」を区別できるこの国、日本のような気がしてならない。

母の悲しみでしか伝えられないこと

先日、女性の読者の方から、相談のメールが舞い込んできた。

15歳と8歳の息子さんが、普段は優しいのに、感情が激すると暴言（「死ね」など）を口にするというのだ。夫に暴力と暴言の癖があり、それが原因で別居中の方だった。「このままでは、夫のように育ってしまうかもしれないと心配です。死ねなどと口にすることは悪いことだと教えるのには、どうしたらいいのでしょうか」と結んであった。

なぜ、人を殺してはいけないのか

ずいぶん前になるが、「子どもに、なぜ人を殺してはいけないのか、と質問されたら、なんと答えればいいのでしょうか」と尋ねられたことがある。

私は、「その質問には、回答はありません。なぜなら、この質問自体が、あってはならない質問だからです。質問そのものに、大人が戦慄《せんりつ》しなければならない。聞かれたら絶句して、怒りに震えてください。そんな質問がこの世に存在すること自体が信じられない、と」と答えた。

悪いことだと教えることは、意味がありそうで、実はない。「なぜ、人を殺してはいけないのか」に「悪いことだから」と教えても、「なぜ、悪いの？」と聞かれれば虚しいだけ。たぶん、悪いと教えることでは、本質を伝えられないのだ。

けれど、母親が悲しがることは、絶対である。母親が驚愕して「命がけで育てた息子にそんなことを言われるなんて、死んだほうがまし」と嘆き悲しんだほうが本質を伝えられる。

親は怒りに任せて子どもを叱ってはいけない、冷静に指導しなさいと言う方がいるが、私は全面的には賛成できない。そりゃ、「宿題をやらない」「掃除をさぼった」くらいで感情的になる必要もないと思うが（なぜできないのかを共に考え、解決策を共に工夫してみればいいだけだ)、命に触れることは、理屈で導くことなんかできやしない。父親は、怒りで正義を教え、母親は、悲しみで本質を伝える。それが親の役割だと思う。

母の悲しみに触れて

私は、そのことを思い出しながら、返信のメールを書いた。

——悪いことだと教えるのではなく、母親が心底悲しがることです。悪いからダメなのじゃなく、母親が悲しむからダメなのです。この世には、母親の悲しみでしか、伝えられないことがある。まず、はじめに、子どもたちに、「死ね」「殺す」は、あなたたちの口から聞きたくない、なぜなら、その晩、悲しくて涙が出るから、と静かに話す。実際に彼らが口にしたときは、その場で凍りついて、家事の手を止めて、自室にこもるくらいの悲しみを表現してほしい。

相談者の方からは、「納得しました。私も、母の悲しみに触れて、心を入れ替えた経験があります。たしかに、悲しむべきでした。カウンセラーに相談しても、いまひとつ、ぴんとこなかったので、たいへん助かりました」という返信があった。

カウンセラーの方は、おそらく感情的にならないよう、子どもの気持ちを慮《おもんぱか》るよう、アドバイスしたのではないかしら。多くの事案は、たぶん、それで正しい。けれど、「殺す」と「死ね」に関しては、子どもの気持ちになって冷静に……なんて、言っている場合じゃないと私は思う。

父の教え

ときには、親が感情的になることも必要。私にそれを教えてくれたのは、父だった。

教師という天職を全うした父は、多くの親子を見てきて、たくさんの真実を知っていた。そんな父が、ある日、私に長い長い手紙をくれたのだった。息子の生後3カ月くらいのころだったと記憶している。

その手紙の趣旨は、「働く母親でいなさい」というメッセージだった。「母親は、感情的にならなきゃいけないときがある。男の子には、母親の悲しみでしか、伝えられないことがある。きみには鷹揚《おうよう》なところがあって、女性としては感情の起伏が足りないので心配だ。働きに出るくらいで、ちょうどよい。予定通り、職場に復帰するように」

1991年、世はまだ「母親は3歳まで家にいなければならない」という三歳児神話を振りかざして、働く母親に冷たかった時代だ。父は、三歳児神話を推奨するどころか、息子可愛さのあまり職場復帰を逡巡《しゅんじゅん》する私に、喝を入れたのだった。

ときに、世間では「叱らない育児」が大はやり。『今日から叱らないお母さん』なんていう本がベストセラーになったりしていた。しかし、父は、母親はときにはしっかりと怒り、しっかりと悲しまなければならない、と教えてくれた。四六時中そうであれ、という意味じゃない。ここぞというときに、それを発動するから効果があるのだ。

一見、世間に逆らうような父のアドバイスは、至極、名言であった。60になった今、それがひしひしとわかる。

だって、冒頭で述べた質問に、他に答えようがあるだろうか。

＊本書は左記の連載、掲載作品を大幅に加筆・修正の上、収録した。
ひろぎん経済研究所「カレントひろしま」二〇一七年一二月号から
二〇二一年一月号掲載分より抜粋（連載タイトル「感じることば」）
モラロジー研究所「れいろう」二〇二〇年七月号（「心の対話の始め方」）

河出新書 028

不《ふ》機《き》嫌《げん》のトリセツ

二〇二一年四月三〇日　初版発行
二〇二一年七月三〇日　2刷発行

著者　黒川《くろかわ》伊《い》保《ほ》子《こ》
発行者　小野寺優
発行所　株式会社河出書房新社
〒一五一－〇〇五一　東京都渋谷区千駄ヶ谷二－三二－二
電話　〇三－三四〇四－一二〇一［営業］／〇三－三四〇四－八六一一［編集］
https://www.kawade.co.jp/
マーク　tupera tupera
装幀　木庭貴信（オクターヴ）
印刷・製本　中央精版印刷株式会社
Printed in Japan　ISBN978-4-309-63130-1

人は顔を見れば99%わかる

フランス発・相貌心理学入門

佐藤ブゾン貴子
Sato Bouzon Takako

顔にはその人のすべての情報が表れる。
1億人以上の分析に基づく
フランス生まれの「顔」の心理学。
世界で15人、日本人初の相貌心理学教授による
他人を知る・自分を知るための
完全メソッド!

ISBN978-4-309-63120-2

河出新書
019

あなたの怒りは武器になる

安藤俊介
Ando Shunsuke

怒りを手放すことはできません。
それならば、武器として
使えるようになりましょう。
アンガーマネジメントの第一人者が教える、
怒りをつかいこなすための技術。

ISBN978-4-309-63123-3

河出新書
022

「原っぱ」という社会がほしい

橋本治
Hashimoto Osamu

「社会」の原点は、自分たちで
ルールをつくる「原っぱ」にある。
未完に終わった論考「「近未来」としての平成」に
応答する原稿を過去の著作から集めて一冊に。
これからの日本へ贈る、感動の昭和・平成論。
内田樹氏による序文も掲載。

ISBN978-4-309-63127-1

河出新書
025

緊張を味方につける脳科学

茂木健一郎
Mogi Kenichiro

緊張は、脳の使い方で大きなパワーになる。
ビギナーズ・ラック、火事場の馬鹿力……
平凡から突然「化ける」、そのトリガーとは?
アスリートやアーティストらの緊張を通して、
本番でベストパフォーマンスを発揮する秘訣に、
脳科学からせまる!

ISBN978-4-309-63129-5

河出新書
026

日本語の教養100

今野真二
Konno Shinji

毎日使うことばだから、
ちょっとだけ深く理解しておきたい。
語の意味とかたちと音、表記法のあれこれ、
ことばあそび、詩のことば——
バリエーション豊かに贈る、
教養ショートショート100話！

ISBN978-4-309-63128-8

河出新書
027